제16회
소월시문학상 작품집

문학사상사

제16회 소월시문학상 선정이유서

　문학사상사가 제정한 소월시문학상 제16회 대상 수상작으로 시인 고재종 씨의 〈백련사 동백숲길에서〉 외 27편을 선정한다.

　고재종 시인은 섬세하면서도 날카로운 언어 선택, 진솔미로 다져놓은 시적 상상력, 현상을 깊이 읽어낼 줄 아는 형이상학적 능력 등을 모아 힘이 넘치는 시를 만들어 왔다. 그는 우리의 언어와 서정을 지켜내겠다는 순일한 의지에서 출발하여 자연에의 친화를 거친 끝에 남달리 울림이 큰 시를 만들어내고 있다.

　소월시문학상 선고위원회는 그동안의 고재종 시인의 창작활동을 높이 평가하여 소월시문학상 대상의 영예를 드리기로 한다.

2001년 4월 17일

소월시문학상 선고위원회

이승훈 • 오세영 • 임영조 • 김재홍 • 조남현 •
최동호 • 안도현

사막에서 별을 노래하는 시들

이 승 훈(시인 · 한양대 교수)

아우슈비츠 이후에도 서정시는 가능한가? 아도르노의 질문이지만 아우슈비츠 이후에도 이 땅에서는 서정시가 가능하다는 사실을, 이 애처로운 사실을, 나로서는 이해할 수 없는 사실을 이번 소월시문학상 심사에서 거듭 확인했다. 최근 우리 시의 큰 흐름은 이른바 전통 서정시로의 회귀. 예심을 거쳐 오른 13인 중에도 노향림, 최승호, 허혜정을 빼면 거의 그렇고, 1차 투표를 통해 좁혀진 네 분 가운데도 최승호를 빼면 나머지 세 분이 대체로 그렇다.

최승호는 이미 그 시적 역량이 널리 인정된, 그리고 여러 문학상도 수상한 개성적인 시인이다. 그의 개성은 한마디로 반(反)서정성, 반(反)전통성이고, 그런 점에서 그는 아우슈비츠의 상처를, 고문을, 흔적을 노래한다. 형태에 대한 새로운 모색도 좋고 이른바 노장적(老莊的) 사유도 나로서는 높이 사는 입장이다.

장석남은 최근에 더욱 진경을 보여 주는 시인. 그가 추구하는 세계는 크게 보면 전통 서정시의 범주에 들지만 그의 개성은 서정의 피상성, 감상성, 표면성을 극복하는 점에 있다. 꽃을 노래하되 그는 감각이, 시선이, 사유가 닿을 수 없는 곳을 노래하고, 부재로서의 현존을 노래한다. 나는 이런 점에 호감이 간다.

이문재는 일상의 그늘진 곳, 음습한 곳, 축축한 곳, 말하자면 일상의 균열을 노래하고, 따라서 그는 자연을 대상으로 하는 전통파들의 한계에 도전한다. 객체 없는 내면, 객체 없는 서정이 아니라 그가 노래하는 것을 객체 있는 내면, 객체 있는 서정이다. 이때 객체라는 말은 현실, 사회, 삶과 통하고, 그의 서정은 이런 삶과 싸우는 서정이다.

고재종은 순정과 순수와 그리움의 시인이다. 그리움이 없다면 무슨 시를 쓰겠는가? 미루나무 잎새가 파닥거릴 때 사랑을 배우는 진솔함도 좋고, 이런 서정은 여리고, 아프고, 설레는 매혹을 동반한다. 심사위원 7인 가운데 나만 빼고 여섯 분 모두 그에게 표를 던지고, 소월시문학상의 성격에도 적격이라고 생각한다. 그는 사막에서 별을 노래한다.

시에 순결한 정신을 바친 시인

오 세 영(시인 · 서울대 교수)

예심을 거쳐 올라온 시인들 가운데서 투표에 의해 고재종 씨를 올해의 수상시인으로 결정하였다. 절대 다수의 득표였다. 마지막 선(選)에 올랐던 분으로는 장석남, 이문재, 최승호, 최하림, 문인수 씨 등이 있었다. 내 개인적으로는 모두 문학상을 타실 만한 분들이라 생각되었다. 그러나 어차피 후보자들 가운데서 한 분을 뽑아야 하는 것이 아닌가.

고재종 씨는 그간 지방에 칩거하면서 오로지 시창작에만 골몰해 온 분으로 알고 있다. 아마도 고재종 씨만큼 시에 순결한 정신을 바치고 있는 이 시대의 시인도 드물 것이다. 그래서인지는 몰라도 그의 시에는 자연과 삶에 대한 명상적 성찰이 짙게 배어 있다. 하나의 유행처럼 시를 장난으로 혹은 유희로 혹은 센세이셔널리즘으로 쓰는 요즘의 우리 시단 풍토에서는 하나의 귀감이 될 만하지 않을까 생각한다. 뿐만 아니라 고재종 씨는 시의 미학이라는 측면에서도 남다른 수준에 도달해 있는 듯하다. 완결된 시상, 신선하고도 긴장된 비유의 구사, 진술하면서도 절제된 언어 표현 등은 그 세대의 우리 시에서 흔히 발견될 수 있는 것들이 아니다. 무엇보다 시류에 휩쓸리지 않은 그의 시정신을 사고 싶다. 시는 혼자서, 자기만의 것을, 자기의 방식으로 쓰는 것이 아닌가.

이문재 씨는 대상을 바라보는 독특한 시선이 좋았다. 장석남 씨는 다소 산만하기는 하지만 상상력의 자유로움이 좋았다. 문인수 씨는 인생론적 진실이 가슴에 와 닿았다. 최승호 씨는 꾸준한 실험정신을 사고 싶었다.

강렬한 호소력과 감응력

임 영 조 (시인)

　필자가 평소 깊은 관심을 가져 온 시인들이 대거 후보에
올랐다. 시력(詩歷) 3,40여 년의 6,70대에서 90년대에 등
단한 신예까지 아우른 열세 분이었다. 필자가 본심에 참여
한 것은 이번이 처음이나 그동안 줄곧 주목해 온 몇 분은
매년 수상자로 선정되길 내심 기대하고 추천해 온 시인들
이었다. 그들은 이미 그런 기대에 값하는 평가와 독자적인
세계를 구축해 온 시인들이라는 점에서 이번 상은 누가 받
아도 나로서는 선뜻 수긍하고 싶었다.

　헌데, 이번 심사 자료로 넘겨받은 작품들은 내가 평소에
주목해 온 시인 각자의 탁월한 시적 역량에도 불구하고 다
소 긴장감이 느슨해지고 기왕의 성과에 비해 좀 처진다는
느낌을 지울 수 없었다. 그런 가운데도 이기철·최승호 시
인의 탄탄한 서정적 토대 위에 사유의 깊이를 더한 작품들
에 호감이 컸다. 그러나 두 시인 모두 그러한 정평에 합당
한 문학상이 연전(年前)에 얹혀졌다는 점을 감안하여 아쉬

움을 접었다. 결국 고재종·송재학·이문재 시인을 의중에
두었다. 또한 우수작 추천 과정에서 최근까지 왕성한 창작
열과 기왕의 수작들로 주목받는 신예시인 이정록을 새로
천거하여 여타 심사위원도 동의했다.

송재학의 지적 통찰력에 의한 균형과 조화의 미학을 밀
도 있게 그려내는 우수한 시편들에 늘 매력을 가져 오면서
도 간혹 주제가 더 명징했으면 하는 아쉬움에서, 이문재는
저간의 시들이 소재적 차원의 절박함 속에서 다소 사변적
이고 감상적이었던 데 비해 요즘 들어 서정과 지성을 조율
하는 섬세한 상상력과 화법이 새로 여물기 시작한다는 점
에서, 나는 두 시인을 의중에 두고도 거론하지 않았다. 조
만간 수상의 영예를 거둘 것을 믿기 때문에.

고재종 시의 매력은 문단에 나온 이래 줄곧 남도 특유의
맛깔스런 토속어의 정확한 구사와 거기에 조응하는 그의
독특한 음악성에 있다. 그 유려한 토속어의 구사와 정한의
리듬은 동향권(同鄕圈)의 송수권 시인과 더불어 우리 시단
의 한 진경으로 높이 사주는 데 주저할 이유가 없을 터이
다. 그의 시가 보여 주는 농촌스런 다양한 삶의 체취와 정
서는 협의의 공간을 뛰어넘어 우주적 친화에까지 미친다.
이 친화력이 곧 그의 시적 원숙성이며 개성적 매력이다.

고재종 시의 강렬한 호소력과 감응력을 지닌 언어미학도
억지스런 수사학만으로 얻어지는 것이 아니다. 가장 진솔
한 시어로 현실세계와의 경계를 지우려는 건강한 사유와
따뜻한 시선으로 합일할 때 얻어지는 소중한 유산이다. 그
소중한 유산을 얻기 위해 천착해 온 그의 치열한 시정신과

작품에 심사위원들이 후한 지지를 보낸 이유도 아마 그런 각고의 노고에 대한 상찬(賞讚)이리라. 고재종 시인의 수상에 뜨거운 박수를 보낸다.

외로움의 힘과 직관의 깊이

김 재 홍(문학평론가 · 경희대 교수)

　여러 후보작 모두가 수상작으로 손색이 없었다. 그 가운데 나는 고재종의 일련의 작품과 이문재의 작품들을 밀었다. 고재종의 시들은 삶에 대한 깊은 성찰과 자연에 대한 사색을 조화시킴으로써 이 시대 서정시가 나아가야 할 방향성을 올바로 보여 준다고 생각했고, 이문재의 시편들 역시 한결 깊어진 시력과 시안을 느낄 수 있게 해주었기 때문이다.

　몇 차례 논의 끝에 결국 고재종의 작품들이 수상작으로 선정되었다. 사실 고재종 시인만큼 이즈음 진경을 보여 주는 사람도 드물다고 하겠다. 자신이 나고 자란 지역을 지키면서 오로지 시의 외길을 걷는 모습 자체가 믿음직할 뿐만 아니라, 그 깊은 외로움 속에서 피워내는 절망의 향기가 그윽하고, 그 행간 속에 일렁이는 사람에 대한 신뢰와 희망이 돋보이는 풍경을 형성하고 있는 것으로 판단되기 때문이다. 슬픔을 기쁨으로, 힘으로, 희망으로 이끌어올리는 정신의 깊이와 함께 대자연의 근원에 감춰져 있는 서정을 섬세하게 포착해내는 직관의 힘이야말로 이 시대에 바람직한 시적 자원이 아닐 수 없다. 다만 좀더 주제의 폭을 넓히고 상상력의 운동성을 강화해간다면 어떨까 하는 아쉬움도 있음을 차제에 지적해 두고자 한다.

수상자에게 축하의 박수를 보내며 더욱 정진 있길 기대한다.

우리 말을 제대로 사랑하고 부릴 줄 아는 시인

조 남 현(문학평론가 · 서울대 교수)

최승호의 시 〈잠원역의 누엣늙은이〉〈트렁크 안의 사물들〉 등은 시적 상상력이란 존재와 현실의 전후좌우를 자유자재로 파헤쳐 들어가는 것임을 입증해 주고 있다. 실제로 그의 시적 상상력은 단순한 일상적 관찰에서부터 비대상의 순수 사유에 이르기까지 다양한 모습으로 나타나고 있다. 다만, 시인이 노린 만큼의 울림을 사지 못하는 것이 숙제로 남게 됨을 부정할 수 없다.

〈수묵정원〉 외 여러 편의 시를 쓴 장석남은 소재를 일정한 심상으로 구체화하는 과정에서 좀더 힘이 들어갔더라면 하는 아쉬움을 갖게 한다. 이런 아쉬움은, 시인은 추상과 구상을 넘어서서 또 일상과 의사를 가리지 않고 소재를 다양하게 취하는 모험심을 강화했으면, 하는 요구와 연결지어 볼 수 있다.

본심에 오른 고재종의 〈소쇄원에서 不遇를 씻다〉〈백련사 백일홍나무를 대함〉 등 여러 편의 시는 '힘이 넘치는 시'

라는 범주를 만들어내고 있다. 빈틈없이 정성스럽게 갈고 다듬은 표현, 진솔미로 꾹꾹 다져 놓은 시상, 자연에 대한 끊임없는 동일화 욕구, 남다른 가시가청력 등이 어울려 힘을 빚어내고 있다. 그의 시에서 화조풍월과 같은 자연은 시적 상상력의 출발점이 되면서 끊임없이 서정을 펼쳐냈다 오므렸다 하는 장치가 되고 있다. 단지 그의 서정이 그리움이나 서러움 등과 같이 제한된 영역에 머물러 있는 것은 문제라고 하지 않을 수 없다.

고재종의 시는 요즈음의 대다수 시인들조차도 한국어의 보존과 재발견에 무심한 현실에 실천으로써 경종을 울리고 있다. 그의 대부분의 시는 시어가 남다른 마디와 갈피를 지니고 있음을 보여 주고 있다. 특히 〈經典〉〈소쇄원에서 詩琴을 타다〉〈꽃빛 꽃빛 복사꽃빛〉 등은 우리 말의 언어유희의 기능성을 확실하게 일구어내고 있다. 오랜만에 우리 정서와 우리 말을 제대로 사랑하고 부릴 줄 아는 시인을 만났다.

소월적 서정의 정통성을 찾는다

최 동 호(시인 · 고려대 교수)

　예선의 추천 과정과 심사위원들의 의견을 종합하여 고재
종, 장석남, 최승호, 이문재, 최하림, 문인수 등의 시인들
이 마지막 심사의 대상이 되었다. 작품을 통독한 결과 이
분들 모두가 나름대로 독특한 시세계를 구축하고 있을 뿐
만 아니라, 한국 시단의 가장 풍요로운 자리를 차지한 시
인들이라는 생각도 들었다. 물론 시적 수사나 작품의 완성
도는 두드러져 보였지만, 시인으로서 일관된 추구와 내적
세계의 깊이가 실감나게 다가오지 않았다는 아쉬움도 있었
다. 일부 젊은 시인들의 경우, 불필요한 다변과 지나친 다
작주의 또한 경계의 대상임을 지적해 둘 필요도 느꼈다.

　선자(選者)는 최하림, 이성선, 송재학, 문인수 등의 중
진 시인과 이문재, 이재무, 이정록, 권혁웅 등의 젊은 시
인의 시들도 관심을 가지고 지켜보았다. 그러나 작품의 양
과 질에 있어서 바야흐로 절정에 도약하고 있다는 느낌을
주는 고재종 시인의 강한 호소력을 뿌리쳐 버릴 수 없었

다. 정상으로 도약하려는 오랜 기다림이 그의 시에 무르녹
아 있었다. 〈백련사 동백숲길에서〉는 뜨거운 상처를 치유
하려는 시적 정열이, 〈소쇄원에서 不遇를 썻다〉에서는 불
우하게 낙향하여 세상에 밥을 빌지 않는 사내의 그리움이
맑은 바람에 빛나고 있었으며, 〈소쇄원에서 詩琴을 타다〉
에서는 쇄락청정한 흥청거림이 느껴졌다. 소월적 서정의
정통성이라면 일단 그 원형성을 고재종에게서 찾아야 하지
않을까 하는 것이 선자의 소감이다. 그의 정진에 영광과
고뇌가 함께하기를 빈다.

진경을 이룬, 물오른 서정

안 도 현(시인)

최하림, 문인수, 최승호와 같은 일가를 이룬 이름들—
그러니까 백전노장이면서도 여전히 시적으로는 신예인 그
분들의 무공에 대해 말할 자격이 나에게는 없다. 내 미치
지 못하는 칼솜씨로는 다만 그이들을 높이 우러러 바라보
며 배우기를 게을리 하지 않을 따름이다.

고재종을 올해의 수상자로 결정하는 데 흔쾌히 동의하였
다. 요 몇 년 사이 그의 생기 넘치는 시적 변화는 세상의
주목을 받아 마땅하리라 본다. 우리는 이제 농촌시라는 좁
은 범주 안에 그의 시를 가두어 둘 수 없게 되었다. 나약
하고 창백한 개인주의적 독백과 새로움을 가장한 설익은
문법이 횡행하는 통에, 앞으로 시를 더 읽어야 할 것인지
고민도 해보게 되는 때에, 고재종의 아연 물오른 서정은
말 그대로 진경이라 할 만하다. 우리 말의 풍성하고도 유
장한 구사, 자연과의 설레는 교감 끝에 다다른 이미지의
활기는 그의 시를 읽는 사람들까지 행복하게 한다. 마치

잘 익은 홍시를 소반에 하나 가득 담아 놓은 듯하다. 다만 유사 어구나 영탄의 반복이 넘치면 홍시의 긴장을 터뜨릴 수도 있다는 가당찮은 기우를 도반으로서 축하 인사와 함께 건네고 싶다.

　시의 운명이 위기를 맞고 있다지만 올해에도 여러 시인들이 좋은 시를 많이 생산해냈다고 생각한다. 자신에게 와 닿는 전후좌우의 모든 에너지를 탁월하게 시로 붙잡아매는 연금술사 장석남, 정제된 언어의 길이 어디를 향해야 하는지를 끊임없이 보여 주고 있는 이문재, 정일근, 이정록의 가편들도 오래 눈여겨 읽었다. 세상이 쓸쓸하고 가난할 때 시인은 고요하게 빛나는 법이다. 소월도 그랬다.

차 례

대상 수상시인 자선작

문인수

이문재

이정록

기수상시인 우수작

송수권

김용택

고재종

백련사 동백숲길에서 외

1957년 전북 담양 출생.
1984년 《실천문학》 신작시집 《시여 무기여》로 등단.
시집 《바람부는 솔숲에 사랑은 머물고》 《새벽 들》
《사람의 등불》 《날랜 사랑》 《앞강도 야위는 그리움》
《그때 휘파람새가 울었다》.
수필집 《쌀밥의 힘》 《사람의 길은 하늘에 닿는다》 등.
신동엽창작기금, 시와시학 젊은 시인상 수상.

백련사 동백숲길에서

누이야, 네 초롱한 말처럼
네 딛는 발자국마다에
시방 동백꽃 송이송이 벙그는가.
시린 바람에 네 볼은
이미 붉어 있구나.
누이야, 내 죄 깊은 생각으로
내 딛는 발자국마다엔
동백꽃 모감모감 통째로 지는가.
검푸르게 얼어붙은 동백잎은
시방 날 쇠리쇠리 후리는구나.
누이야, 앞바다는 해종일
해조음으로 울어대고
그러나 마음 속 서러운 것을
지상의 어떤 꽃부리와도
결코 바꾸지 않겠다는 너인가.
그리하여 동박새는
동박새 소리로 울어대고
그러나 어리석게도 애진 마음을
바람으로든 은물결로든
그예 씻어 보겠다는 나인가.

이윽고 저렇게 저렇게
절에선 저녁종을 울려대면
너와 나는 쇠든 영혼 일깨워선
서로의 無明_{무명}을 들여다보고
동백꽃은 피고 지는가.
동백꽃은 여전히 피고 지고
누이야, 그러면 너와 나는
수천 수만 동백꽃 등을 밝히고
이 저녁, 이 뜨건 상처의 길을
한번쯤 걸어 보긴 걸어 볼 참인가.

방죽가에서 느릿느릿

하늘의 정정한 것이 수면에 비친다. 네가 거기 흰구름으로 환하다. 산제비가 찰랑, 수면을 깨뜨린다. 너는 내 쓸쓸한 지경으로 돌아온다. 나는 이제 그렇게 너를 꿈꾸겠다. 草露초로를 잊은 산봉우리로 서겠다. 미루나무가 길게 수면에 눕는다. 그건 내 기다림의 길이. 그 길이가 네게 닿을지 모르겠다. 꿩꿩 장닭꿩이 수면을 뒤흔든다. 너는 내 외로운 지경으로 다시 구불거린다. 나는 이제 너를 그렇게 기다리겠다. 길은 외줄기, 飛潛비잠* 밖으로 멀어지듯 요요하겠다. 나는 한가로이 거닌다. 방죽가를 거닌다. 거기 윤기 흐르는 까만 염소에게서 듣는다. 머리에 높은 뿔은 풀만 먹는 외곬수의 단단함을. 너는 하마 그렇게 드높겠지. 日月일월 너머에서도 뿔은 뿔이듯 너를 향하여 단단하겠다. 바람이 분다. 천리향 향기가 싱그럽다. 너는 그렇게 향기부터 보내오리라. 하면 거기 굼뜬 황소마저 코를 벌름거리지 않을까. 나는 이제 그렇게 아득하겠다. 그 향기 아득한 것으로 먼 곳을 보면, 삶에 대하여 무얼 더 바래 부산해질까. 물결 잔잔해져 水心수심이 깊어진다. 나는 네게로 자꾸 깊어진다.

---

* 날고 헤엄치는 것.

聯 臂연비*

이 선홍 장미로 즙을 내리
장미 가시론 바늘을 삼으리

아, 저쪽에선 번개칼이라도 달궈야 할라나

하면 그대는
수밀도 같은 젖가슴 언저리거나
백설깃빛 허벅지 속살이겠는지

시방은 우르르 꽝, 우레도 한번 넘은 뒤라면

이윽고 한 땀 한 땀 장미 송이든지
한 톨 한 톨 正金정금의 말씀이든지를

차마 거기,
차마 거기,
차마 그렇게 서러워선 못 새길라나

그대의 잉걸불 같은 밀어들만
뿌지지 뿌지지, 내게 화인 되어 찍힐라나

그런 그날 밤, 저쪽에서는
어디 千年木천년목 한 그루쯤은 새까맣게 지지는

그런 그날 밤은
어쩌를 하리, 장대 장대 장대비!

---

* 사랑하는 남녀끼리 몸의 은밀한 부분에 하는 문신.

소쇄원*에서 詩琴시금을 타다

소쇄소쇄, 대숲에 드는 소슬바람
무엇을 마구 씻는가 했더니
한 무리 오목눈이가 반짝반짝 날아오른다

소쇄소쇄, 서릿물 스치는 소리
무엇을 마구 씻는가 했더니
몇 마리 빙어들이 내장까지 환하다

자미에서 적송으로 낙엽 따라 침엽 따라
괴목에서 오동으로 다람쥐랑 동고비 따라
빛나는 바람과 맑은 달이
飛潛走伏비잠주복**을 다스리면

오늘은 상강, 저 진갈맷빛 한천 길엔
소쇄소쇄, 씻고 씻기는 기러기며와
소쇄소쇄, 씻고 씻기는 푸른 정신뿐

나 본래 가진 것 없어 버릴 것도 없더니
나 여기 와서는 바람 들어 쇄락청청

나 여기 와서는 달빛 들어 휘영청청

---

* 조선 중종 때 학자 양산보라는, 한 불우한 사내가 있었나니. 천하를 논하던
스승 조광조의 낙마로, 그 큰뜻 접고 낙향한 사내였던 바. 여기 소슬한 숲
속에 소쇄원이라는 우거를 짓고, 일평생 들어오고 나아감이 없었나니. 어쩌
자고 문장 한 줄 남기지 않았나니. 그 분노의 문장 청대숲으로 치솟게 하
고, 그 결곡한 문장 개울물 소리에 흘려 주고, 그 슬픔의 노래 동박새 울음
에 넘겨주고, 그 마음의 환희 자미꽃으로 일렁이게 하고, 다만 光風(광풍)
과 霽月(제월)로 호사를 누렸나니. 아, 불우를 통해 불우를 이긴 瀟灑翁
(소쇄옹)이여.
** 새·물고기·짐승·벌레 따위를 두루 이르는 말.

묵정지, 이 쓸쓸함의 저편

한때의 푸르른 피를 잘 씻어낸
억새꽃 은발들이 잔광에 반짝인다.
한때의 무성한 살을 잘 비워낸
억새꽃 은발들이 바람에 쓸린다.
이때쯤 개울물 소리는 청천에 닿고
나는 묵정지 서 마지기, 할말이 없다.
이 저녁까지 제 서러움을 잘 부린
머슴새가 시방도 쭉쭉쭉쭉 소를 몬다.
이 저녁까지 제 그리움을 잘 빛낸
머슴새가 시방도 그 누굴 호명한다.
이곳 저곳 구절초가 속속 듣고
너는 못 뒤엎는 자리, 들을 귀가 없다.
바람은 또 우수수히 풀밭에서 인다.
풀들은 또 소슬하게 그만큼 시든다.
하여 날은 저무는데 갈 길은 먼가.
꽃도 새도 어둠으로 눕는 자리엔
두루총총 별이 참 많이는 돋는다.
두루총총 서리 쓴 들국빛으로 돌아선
너나 나나의 눈물의 사리를 닦는다.
그러면 타는 밭과 빠지는 수렁을 넘던

우리의 외진 사랑과 노래여, 안녕.
이 저녁 아득아득 저무는 길에서도
찔레 열매들 형형, 사상을 묻고
실베짱이 씨르래기 풀무치 한 떼는
시간 너머의 더 높은 꿈을 연주한다.
너와 난들 이 무명을 무얼로 점등하랴.

경전

차랑차랑, 순금 이삭 일렁이는
추분의 들판에 서서
먼 곳으로 고개를 드는 어머니의
수정 눈물은 나의 경전이다

지난여름 큰비 큰바람에
죄다 꺾인 닷 마지기 논을
죄다 일으켜 세우고
당신의 허리가 꺾이어선
자리보전하는 어머니를 나는 안다

시방 김제 만경 들판에 가보아라
하늘이 어쩌려고
그토록 순금 햇살을 쏟아 붓는지
쏟아 부어선 따글따글 익히는 게
어머니의 수정 눈물은 아닐런지

지평선을 바라보지 말자
왕배야덕배야, 내가 가 닿을 곳은
저 논에서 피를 뽑다

피투성이 흙감탱이 몸으로
나를 낳고 낳는 어머니의 환한 품

죽어서 하늘로 가지 않고
저 시리게는 신신한 땅에 묻히는
어머니의 수정 눈물이
추호라도 삼가는 나의 경전이다

상처에 대하여

솔가지 꺾던 낫날에 왼손 집게손가락을 날렸다지요. 두 엄자리 뒤던 쇠스랑날로 오른쪽 발등을 찍었다지요. 거친 밥 독한 소주에 가슴앓이 이십 수년, 복부의 수술자리는 시방도 애린다지요. 좋은 일은 다 잊었는데 몸의 상처론 환히 열리는 서러움들, 참으로 야릇하다고, 이게 다 몸으로 살아온 탓 아니겠느냐고 활짝 웃는 얼굴의 주름살. 그건 그대로 논밭고랑이네요. 마치 앞강 잉어들의 비늘무늬가 그들이 늘 헤살치는 물결을 닮았듯이, 봄날 당신이 잘 갈아논 밭을 닮았네요. 여기에 무얼 심을 거냐고 했더니 이제 복숭아를 심겠다네요. 암종으로 먼저 간 아내가 그토록이나 좋아하던 복숭아라네요. 복숭아 같던 아내의 젖가슴을 첫, 처음으로 움켜쥐던 비밀도 이 손이 기억하고 있다고, 무심코 입술에 가져다대는 아, 없는 집게손가락! 그 뭉툭한 상처자리가 반질반질 윤을 내고야 말더라니.

篆 刻_{전각}

푸르른 한때
애인의 이름을 나무둥치에 새기며
소리 죽여 운 적이 있다.

수천 수만 나뭇잎이 일렁거렸다.

정자나무 그늘 아래

느티나무 수만 이파리들이 손사래치는
느티나무 그늘 소쇄한 정자에
애진 마음이 다 되어 앉아 본 적이 있느냐.
물색 푸른 앞들은 가멸지고,
나는 오늘도 정자에 나와선
멍석말이쯤 당한 삭신이라도
바람의 아홉새베에 씻고 씻어 보는 것이다.
느티나무 그늘 암암할수록
그늘 밖의 세상은 아연 환해지는
느티나무 그늘에 너와라도 함께인 듯 앉아,
저 느티나무의 어처구니 둥치와
둥치에 새겨진 세월의 鱗片린편을 생각하면
오목가슴이 꽉 메여 오기도 하는데,
나는 내 사소한 날의
우련 우련 치미는 서러움만
매미 떼의 곡지통에 실어 보는 것이다.
이제는 찾는 이도 몇 안 되는 정자에
시방 몇몇의 고랑진 얼굴들,
그 흙빛 들수록 앞들은 점점 푸르러지는
느티나무 그늘 생생한 정자에서

어제는 하염없던 쑥국새 울음을 듣고
시방은 치자향 아득한 것도 맡아 보는데,
딴엔 꽃과 새의 視聽시청 너머에
더 간절한 바도 있는 것이다.
가령 이 느티나무 둥치 부여안고
흰 달밤, 어느 여인이 목놓아 울고
이 느티나무 둥치 찍어대며
웬 봉두난발이 발분했던가 하는 것들인데,
너는 언젠가 추억되는 것의 아름다움
혹은 슬픔이라고 했던가. 나는
내친김에 실낱 줄기 못 끊는 저 냇물과
그 냇가의 새까만 벌때추니 떼며
겨울이면 마을의 그만그만한 집들과
나뭇가지 끝마다 열리는 별 떼랑
하냥 난장을 트던 것도 되새김하다간,
그 은성했던 육두문자와 파안대소와도
참 서느럽게는 등을 돌린 정자에 앉아
오늘은 다만 성성한 노동과
오늘은 다만 뜨거운 사랑과 휴식의
오늘의 생생한 나라를 묻고 묻는 것이다.

오늘도 간간 쑥국새 울음은 깃들어선
이렇게 두 눈 그렁그렁하게는
흰 구름 저편까지를 바라보게 하는데
그러면 저기, 저 生생은 또 어쩌려고
뭉실뭉실 이는 수국화처럼
환한 그늘로 차오르고,
이쯤이면 나도 그만 애진 마음이 다 되어
부쩌지 못하는 걸 너도 알겠느냐.
그러다가도 상처투성이의 느티나무와
그 상처마다에서 끈덕지게는 뽑아내는
푸른 잎새를 헤다 보면
그 잎새 하나로 默默靑靑묵묵청청 남는 일도
너무 서러워지지는 않겠다 싶은 날,
앞들은 이미 벼꽃 장관을 펼치는 것이다.

대상 수상시인 자선작

고재종

장엄 외

장엄

저 순백의 치자꽃에로
사방이 함께 몰린다.
그 몰린 중심으로
날개가 햇빛에 반사되어
쪽빛이 된 왕오색나비가 내려앉자
싸 하니 이는 향기로
사방이 다시 퍼진다. 퍼지는
그 장엄 속에선
시간의 여울이 서느럽고
그 향기의 무수한 길들은 또
바람의 실크자락조차 보일 듯
청명청명, 하늘로 열려선
난 그만 깜깜 길을 놓친다.
놓친 길 바깥에서
비로소 破精파정을 하는
이 깊은 죄의 싱그러움이여!

능금밭 앞을 서성이다

내가 시방 어쩌려고 능금밭 앞에서 서성이며
내가 요렇듯이 바잡는 마음인 것은
저 가시탱자울의 삼엄한 경비 탓이 아니다

내가 차마 두려운 건, 저 금단의 탱자울 너머
벌서 신신해진 앞강물 소리와
벌써 쟁쟁해진 햇살을 먹고
이 봐라, 이 봐라, 입 딱! 벌게는 중얼거리며
빨갛게 볼을 밝히고 있을 능금알들의 황홀

어느 해 가을 저곳에서
머리에 수건을 쓰고, 볼이 달아오를 대로 올라선
그 능금알을 따는 처녀들과
그것을 한 광주리씩 들어올리는
먹구릿빛 팔뚝의 사내들을 훔쳐본 적이 있다

나는 아직도 저 능금밭에 들려거든
두근두근 숨을 죽이고, 콩당콩당 숨을 되살리며
개구멍을 뚫는 벌때추니라야 한다고 생각한다

그토록 익을 대로 익은 빛깔이
그토록 견딜 수 없는 향기로 퍼지는
저 풍성한 축제를 누가 방자하게 바라볼 것인가

내가 능금밭 앞에서 여전히 두려운 것은
시방 무슨 장한 기운이 서리서리 둘러치는
저 금기의 신성의 공간, 그것을
내 차마 좀팽이로도 바잡는 마음 다하여
아직도 몰래 훔치고 싶은 이 황홀한 죄, 죄 때문!

달밤에 숨어

외로운 자는 소리에 민감하다.
저 미끈한 능선 위의
쟁명한 달이 불러 강변에 서니,
강물 속의 잉어 한 마리도
쑤욱 치솟아오르며
갈대숲 위로 은방울들 튀기는가.
난 나도 몰래 한숨 터지고,
그 갈대숲에 자던 개개비 떼는
화다닥 놀라 또 저리 튀면
풀섶의 풀 끝마다에
이슬농사를 한 태산씩이나 짓던
풀여치들이 뚝, 그치고
난 나도 차마 숨죽이다간
풀여치들도 내 외진 서러움도
다시금 자지러진다. 그 소리에
또또 저 물싸린가 여뀌꽃인가
수천 수만 눈뜨는 것이니
보라, 외로운 것들 서로를 이끌면
강물도 더는 못 참고 서걱서걱
온갖 보석을 체질해대곤

난 나도 무엇도 마냥 젖어선
이렇게는 못 견디는 밤,
외로운 것들 외로움을 일 삼아
저마다 보름달 하나씩 껴안고
생생생생 發光_{발광}하며
아, 씨알을 익히고 익히며
저마다 제 능선을 넘고 넘는가.
외로운 자는 제 무명의 빛으로
혹간은 우주의 쓸쓸함을 빛내리.

세한도

날로 기우듬해가는 마을회관 옆
청솔 한 그루 꼿꼿이 서 있다.

한때는 앰프방송 하나로
집집의 새앙쥐까지 깨우던 회관 옆,
그 둥치의 터지고 갈라진 아픔으로
푸른 눈 더욱 못 감는다.

그 회관 들창 거덜내는 댓바람 때마다
청솔은 또 한바탕 노엽게 운다.
거기 술만 취하면 앰프를 켜고
천둥산 박달재를 울고 넘는 이장과 함께.

생산도 새마을도 다 끊긴 궁벽, 그러나
저기 난장 난 비닐하우스를 일으키다
그 청솔 바라보는 몇몇들 보아라.

그때마다, 삭바람마저 빗질하여
서러움조차 잘 걸러내어
푸른 숨결을 풀어내는 청솔 보아라.

나는 희망의 노예는 아니거니와
까막까치 얼어죽는 이 아침에도
저 동녘에선 꼭두서닛빛 타오른다.

미루나무 연가

저 미루나무
바람에 물살쳐선
난 어쩌나,
앞들에선 치자꽃 향기.
저 이파리 이파리들
햇빛에 은구슬 튀겨선
난 무슨 말 하나,
뒷산에선 꾀꼬리 소리.
저 은구슬만큼 많은
속엣말 하나 못 꺼내고
저 설렘으로만
온통 설레며
난 차마 어쩌나,
강물 위엔 은어 떼 빛.
차라리 저기 저렇게
흰 구름은 감아돌고
미루나무는 제 키를
더욱 높이고 마는데,
너는 다만
긴 머리칼 날리고

나는 다만
눈부셔 고개 숙이니,
솔봉이여 혀짤배기여
바람은 어쩌려고
햇빛은 또 어쩌려고
무장 무량한 것이냐.

綿綿면면함에 대하여

너 들어보았니
저 동구밖 느티나무의
푸르른 울음소리

날이면 날마다 삭풍 되게는 치고
우듬지 끝에 별 하나 매달지 못하던
지난겨울
온몸 상처투성이인 저 나무
제 상처마다에서 뽑아내던
푸르른 울음소리

너 들어보았니
다 청산하고 떠나 버리는 마을에
잔치는 아직 끝나지 않았다고
그래도 지킬 것은 지켜야 한다고
소리 죽여 흐느끼던 소리
가지 팽팽히 후리던 소리

오늘은 그 푸르른 울음
모두 이파리 이파리에 내주어

저렇게 생생한 초록의 광휘를
저렇게 생생히 내뿜는데

앞들에서 모를 내다
허리 펴는 사람들
왜 저 나무 한참씩이나 쳐다보겠니
어디선가 북소리는
왜 둥둥둥둥 울려나겠니

앞강도 야위는 이 그리움

그토록 흐르고도 흐를 것이 있어서 강은
우리에게 늘 면면한 희망으로 흐르던가.
삶은 그렇게 만만하지 않다는 듯
굽이굽이 굽이치다 끊기다
다시 온몸을 세차게 뒤틀던 강은 거기
아침 햇살에 샛노란 숭어가 튀어오르게도
했었지. 무언가 다 놓쳐 버리고
문득 황황해하듯 홀로 강둑에 선 오늘,
꼭 가뭄 때문만도 아니게 강은 자꾸 야위고
저기 하상을 가득 채운 갈대숲의
갈대잎은 시퍼렇게 치솟아오르며
무어라 무어라고 마구 소리친다. 그러니까
우리 정녕 강길을 따라 거닐며
그 윤기나는 머리칼 치렁치렁 날리던
날들은 기어이, 기어이는 오지 않아서
강물에 뱉은 쓴 약의 시간들은 저기 저렇게
새까만 암죽으로 끓어서 강줄기를 막는
것인가. 우리가 강으로 흐르고
강이 우리에게로 흐르던 그 비밀한 자리에
반짝반짝 부서지던 햇살의 조각들이여,

삶은 강변 미루나무 잎새들의 파닥거림과
저 모래톱에서 씹던 단물 빠진 수수깡 사이의
이제 더는 안 들리는 물새의 노래와도 같더라.
흐르는 강물, 큰물이라도 좀 졌으면
가슴 꽉 막힌 그 무엇을 시원하게
쓸어 버리며 흐를 강물이 시방 가르치는 건
소소소 갈대잎 우는 소리 가득한 세월이거니
언뜻 스치는 바람 한자락에도
심금 다잡을 수 없는 다잡을 수 없는 떨림이여!
오늘도 강변에 고추멍석이 널리고
작은 패랭이꽃 흔들릴 때
그나마 실낱 같은 흰 줄기를 뚫으며 흐르는
강물도 저렇게 그리움으로 야위었다는 것인가.

그 희고 둥근 세계

나 힐끗 보았네
냇갈에서 목욕하는 여자들을

구름 낀 달밤이었지
구름 터진 사이로
언뜻, 달의 얼굴 내민 순간
물푸레나무 잎새가
얼른, 달의 얼굴 가리는 순간

나 힐끗 보았네
그 희고 둥근 여자들의
그 희고 풍성한
모든 목숨과 神出신출의 고향을

내 마음의 천둥 번개 쳐서는
세상 일체를 감전시키는 순간

때마침 어디 딴세상에서인 듯한
풍덩거리는 여자들의
참을 수 없는 키득거림이여

때마침 어디 마을에선
혹, 끼치는 밤꽃 향기가
밀려왔던가 말았던가

들길에서 마을로

해거름, 들길에 선다. 기엄기엄 산그림자 내려오고 길섶의 망초꽃들 몰래 흔들린다. 눈물방울 같은 점점들, 이제는 벼 끝으로 올라가 수정방울로 맺힌다. 세상에 허투른 것은 하나 없다. 모두 새 몸으로 태어나니, 오늘도 쏙독새는 저녁 들을 흔들고 그 울음으로 벼들은 쭉쭉쭉쭉 자란다. 이때쯤 또랑물에 삽을 씻는 노인, 그 한생애의 백발은 나의 꿈. 그가 문득 서천으로 고개를 든다. 거기 붉새가 북새질을 치니 내일도 쨍쨍하겠다. 쨍쨍할수록 더욱 치열한 벼들, 이윽고는 또랑물 소리 크게 들려 더욱더 푸르러진다. 이쯤에서 대숲 둘러친 마을 쪽을 안 돌아볼 수 없다. 아직도 몇몇 집에서 오르는 연기. 저 질긴 전통이, 저 오롯한 기도가 거기 밤꽃보다 환하다. 그래도 밤꽃 사태 난 밤꽃 향기, 그 싱그러움에 이르러선 문득 들이 넓어진다. 그 넓어짐으로 난 아득히 안 보이는 지평선을 듣는다. 뿌듯하다. 이 뿌듯함은 또 어쩌려고 웬 쑥국새 울음까지 불러내니 아직도 참 모르겠다, 앞강물조차 시리게 우는 서러움이다. 하지만 이제 하루 여미며 저 노인과 함께 나누고 싶은 탁배기 한 잔. 그거야말로 금방 뜬 개밥바라기별보다 고즈넉하겠다. 길은 어디서나 열리고 사람은 또 스스로 길이다. 서늘하고 뜨겁고 교교하다. 난 아직도 들에서 마을로 내려서는 게 좋으나, 그 어떤 길엔들 노래 없으랴.
그 노래가 세상을 푸르게 밝히리.

저 홀로 가는 봄날의 이야기

"얼씨구, 긍께 지금 봄바람 나부렀구만잉!"

일곱 자식 죄다 서울 보내고 홀로 사는 홍도나무집 남원 할매 그 반백머리에 청명햇살 뒤집어쓴 채 나물 캐는 저편을 향해, 봇도랑 치러 나오던 마흔두 살 노총각 석현이 흰 이빨 드러내며 이죽거립니다.

"저런 오사럴 놈, 묵은 김치에 하도 물려서 나왔등만 뭔 소리다냐. 늙은이 놀리면 그 가운뎃다리가 실버들 되야 불 줄은 왜 몰러?"

검게 삭은 대바구니에 벌써 냉이, 달래, 쑥, 곰방부리 등속을 수북이 캐 담은 남원할매도 아나 해보자는 듯 바구니를 쑤욱 내밀며 만만찮게 나옵니다.

"아따 동네 새암은 말라붙어도 여자들 마음 하나는 언제나 스무 살 처녀 맘으로 산다는 것인디 뭘 그려. 아 저그 보리밭은 무단히 차오르간디?"

"오매 오매 저 떡을 칠 놈 말뽄새 보소. 그려 그려. 저그 남원장 노루장화라도 좋응께 요 꽃 피고 새 우는 날, 꽃나부춤 훨훨 춤서 몸 한번 후끈 풀었으면 나도 원이 없겄다. 헌디 요런 호시절 다 까묵고 니놈은 언제 상투 틀 테여?"

"아이고, 얘기가 고로코롬 나가 분가? 허지만 사방 천지에 살구꽃 펑펑 터진들 저 봄날은 저 혼자만 깊어가는디 낸들 위쩔 것이요, 흐흐흐."

　괜스레 이죽거렸다가 본전도 못 건졌다 싶은 석현이 이내 말꼬리 사리며 멈추었던 발 슬금슬금 떼어가는 그 쓸쓸한 뒷모습에 남원할매 그만 가슴이 애려와선 청명햇살 출렁하도록 후렴구 외칩니다.

　"이따 저녁에 냉이국 끓여 놓을께 오그라이. 우리 집 마당에 홍도꽃도 벌겋게 펴부렀어야!"

가난을 위하여

꼭두새벽, 넉점도 못됐는데
눈빛 비쳐든 창호문 새하얘서
맑게 깨어나는 정신, 서재에 들어
한기 뚝뚝 듣는 寒山詩한산시 펼친다
봄에 논밭 갈아 가을에 씨 거두고
엄동삼동에 책 읽는 버릇
그 무슨 천금을 줘도 못 바꿀레라
내 비록 가문 들판, 몇 줌 곡식 거둬
세안 양식에 못 미칠지라도
아내 몰래 쌀과 바꿔온 몇 권의 시집들
벌써 책장이 너덜너덜 닳았음이여
그 서책 닳는 만큼 깨이는 넋인 양
헛간 장태에선 수탉울음 청청하고
창호에 비쳐든 눈빛은 하도 좋아
시 일 편에 담고자 펜끝 세우니
늙은 아버진 벌써 고샅길 샘길 내느라
쓱쓱 눈 쓰는 소리 바쁘시다
옳거니, 세상의 진실과 아름다움은
숫눈 쌓인 날 제때 기침하여
사람 내왕할 길부터 내는 데 또 있는 것

책 덮고 급히 앞문을 차니
눈부셔라, 울 너머 큰눈 얹힌 청대숲
그 휘적휘적 휘어진 대줄기에서
포르릉 눈 털며 일군의 새 떼 치솟나니
마침내 나 사랑하리, 이 가난한 날들의
천지 사계 공으로 누리는 사치며
거기에 죄 한 점 더하지 않는 꿈이랑.

직 관

간밤 뒤란에서
뚝 뚜욱 대 부러지는 소리 나더니
오늘 새벽, 큰눈 얹혀
팽팽히 휘어진 참대 참대 참대숲 본다
그 중 한 그루 톡, 건들며 참새 한 마리 치솟자
일순 푸른 대 패앵, 튕겨져오르며 눈 털어낸 뒤
그 우듬지 바르르바르르 떨리는
저 창공의 깊숙한 적막이여

사랑엔, 눈빛 한 번의 부딪힘으로도
만리장성 쌓는 경우가 종종 있다

사람의 등불

저 뒷울 댓이파리에 부서지는 달빛
그 맑은 반짝임을 내 홀로 어이 보리

섬돌 밑에 자지러지는 귀뚜리랑 풀여치
그 구슬 묻은 울음소리를 내 홀로 어이 들으리

누군가 금방 달려들 것 같은 저 사립 옆
젖어드는 이슬에 몸 무거워 오동잎도 툭툭 지는데

어허, 어찌 이리 서늘하고 푸르른 밤
주막집 달려가 막소주 한잔 나눌 이 없어
마당가 홀로 서서 그리움에 애리다 보니

울 너머 저기 독집의 아직 꺼지지 않은 등불이
어찌 저리 따뜻한 지상의 노래인지 꿈인지

빈 들
— 농사일지 26

초겨울볕 여린 빈들에 선다
이제 그 가슴에 비울 것 다 비우고
저 홀로 은은한 들판에 선다
이 논 저 논의 짚벼눌만은 저리 단정한데
저기 용수배미 갈다 어제 낮참
뒷산 양지뜸에 묻힌 남평영감 생각난다
흙에서 왔다 흙에서 살다
올 거둔 햅쌀밥 먹고 흙으로 돌아간
그 영감 성성하던 백발이 저기
돈들막의 갈꽃으로 일렁인다
바람이 불어온다 바람에
마른 풀잎이 날고 지풀이 날고
논두렁의 늦은 들국 몇 송이가 눈물겹다
우리네 힘든 일엔 때가 있고
우리네 독새풀 같은 삶도 때 되면
필경 허허로운 평야로 순명 다하는 것
곧 이어 저 들에 보리씨 싹터 올지니
내일은 저 산밑 찬샘논 가는 만근이
그간 서른토록 장가 못 가 안달이더니
남원처녀 데려와 새살림 차린단다

그리움 안고 지고 초겨울 빈들에 서니
흙으로 가고 오는 사람들의 역사가
정정한 눈물로 그리워 보이고
저다지 넉넉 평평한 들 아니면 결코
우리네 삶 뜻도 없을 진실이 보인다
그 진실이 오래오래 빈 들에 서게 한다

권 혁 웅
돼지가 우물에 빠진 날 외

1967년 충북 충주 출생.
고려대 국문과 및 동대학원 졸업.
1996년 《문학사상》 (평론).
1997년 《문예중앙》 (시)으로 등단.
'현대시' 동인상 수상.

돼지가 우물에 빠진 날

그해 여름 정말 돼지가 우물에 빠졌다 멱을 따기 위해
우리에서 끌어낸 중돈이었다 어설프게 쳐낸 목에서 피를
철철 흘리며 돼지는 우물에 뛰어들었다 우물 입구가 낮고
좁았으므로 돼지는 우아하게 몸을 날렸다 자진하는 슬픔을
아는 돼지였다 사람들이 놀라서 칼을 든 채 달려들었으나
꼬리가 몸을 들어올릴 수는 없는 법이다 일렁이는 물살을
위로 하고 돼지는 천천히 가라앉았다

가을이 되어서도 우물 속에는 구름이 흐르고 하늘이 펼
치고 파아란 바람이 불고 그리고 돼지가 있었다 사람들은
물 속의 제 그림자를 들여다보고는 슬픈 얼굴로 혀를 찼다
틀렸어, 저 퉁퉁 불은 얼굴 좀 봐 겨울이 가기 전에 사람
들은 결국 입구를 돌과 흙으로 덮었다 삼겹살처럼 눈이 내
리고 쌓이고 다시 내리면서 우물 있던 자리는 창백한 낯빛
을 띠어갔다

칼들은 녹이 슬었고 식욕은 사라졌다 사람들은 어디에
우물이 있었는지 기억할 수도 없었다 그러나 봄이 되자 작
고 노란 꽃들이 꿀꿀거리며 지천으로 피어났다 초록의 床상

위에서, 紙錢지전을 먹은 듯 꽃들이 웃었다 숨어 있던 우물
이 선지 같은 냇물을 흘려보내는, 정말 봄이었다

말

　달리는 말 위에서 헐벗은 채 신음하던 안소영은 어린 시절 내 트라우마였다…… 세상에, 어떻게 저렇게, 고개를 외로 꼬고 달릴 수가 있지? 나는 돌아온 외팔이를 보러 갔던 것인데…… 외팔이의 잘린 팔이 보여 주는 단면도 무서웠지만, 세상에, 안소영은 아무 데서나 남자한테 깔렸다

　나는 깔린 안소영이나 되어, 아니 신음하는 안소영 밑에서 헉헉거리는 말이나 되어, 들판을 내지르는 상상을 했다…… 지금도 아니라는 말은 아니다 나는 走馬看山^{주마간산}하는 말의 들숨과 날숨 사이를 후다닥 지나치는 산들처럼…… 서 있던 강호의 스승들을 존경하거나 경멸했다

　외팔이는 성한 한 팔을 불에도 달구고 돌에도 찧었다 말발굽처럼 변해가는 손을 보며, 남의 원수 갚을 생각에 불타던 시절이었다…… 그때는 외팔이 이야기의 전반부가 사실주의이고 후반부가 낭만주의인 걸 몰랐다 내가 안소영처럼 깔릴지, 외팔이처럼 깔아댈지를 모른 채 천방지축 말처럼 들썩였을 뿐이다

　나는, 말띠는 아니지만, 그렇게 오랜 길을 달려 왔다 아

마 오늘 저녁은 안소영이 조금 넓어진 제 몸을 거울에 비
춰 보거나, 외팔이가 성한 두 팔로 밥을 먹을지도 모른
다…… 그들은 몸을 감추어 隱者은자가 되었으나, 말은 말
을 갈아타고서도 여전히 말일 뿐이다 세상에, 고수는 너무
나 많았다 남자도 여자도 그랬다

여 우

골목길에서 그녀를 만났을 때 여우가 그녀 주변을 돌아다니고 있었다 나를 처음 알아본 것은 그녀가 아니라 여우였다 긴 치마에 가방을 모아 쥔 손이 가지런했다 흰 발목과 꼬리가 어둠에 묻혀 보이지 않았다 내가 다가가자 여우의 눈빛이 반짝, 빛났다 여우가 나를 알아보았을 때 겨우 열 다섯이었으므로 나는 그녀의 곁을 지나쳐갔다 목덜미가 간지러웠다

삼 년 후에 다시 여우를 만났다 한성여자고등학교 하교길, 여우는 고갯마루에 앉아 있다가, 깔깔거리며 지나가는 학생들 틈에 끼어들었다 나는 몰래 여우를 따라갔다 골목을 돌아 한 대문 앞에서 꼬리를 놓쳤다 집에는 병든 노모와 아이들이 보채고 있었을지도 모른다 나는 겨우 열여덟이었으므로, 닫힌 문 앞에서 발길을 돌렸다

대학 때에 그녀를 만났다 그때 겨우 스물둘이었으므로 나는 그녀와 백년해로할 줄 알았다 하지만 내가 그녀에 대해 안 건 아홉에 하나였다 왜 열이 아니냐고 물어볼 사람은 없겠지 그녀와의 보금자리는 늘 풍찬노숙이었다 천 일을 하루 앞둔 어느 날 결국 그녀는 나를 버렸다

그 후로도 자주 여우가 출몰했다 어떤 여우는 몇 년 동안 내 그림자를 밟다가 사라지기도 했고 어떤 여우는 내가 맛이 없다고도 했다 여우인 줄 알고 버렸던 그녀가 몇 년 후에 여봐란 듯이 아이를 낳기도 했다 그때마다 간이 아팠으나 며칠 후면 새살이 돋곤 했다

　　나는 아직도 겨우일 뿐이다 당신과 마찬가지로 나도 다음이 궁금하지만 미안하게도 내게는 뒷이야기를 기록할 여백이 없다 여우는 겨우 말하면, 달아난다 당신도 알다시피 여우 이야기는 늘 미완이다

빛의 제국* 2

제 몸보다 큰 거울을 얹은 채
자전거가 거리를 지나가고 있었다
길의 저편에서 이편까지
빛의 통로가, 순식간에, 뚫려나왔다
이 빛에 몸을 비추고 싶은가? 그가 물었다
다른 곳의 주민이고 싶은가?
그의 목소리는 낮고 고요했으나
거리는 더 적막했다
규칙적인 페달 밟는 소리가
어떤 절정을 암시하고 있었으므로
나는 내려가는 길을 걱정했다
은빛 바퀴가 어지러웠다
편안하지 않았으므로 나는 未安미안했고
미안했으므로 나는 미동도 하지 않았다
움직이는 것만이 뜻을 만들지
너 또한 풍경에 지나지 않는군
지나가는 그에게 나는
여전히 불 꺼진 창문인 모양이다
그에게는 四方사방 집들이 한결같다
나는 중얼거렸다

다만 길의 이편에서 저편까지
은빛 바퀴 위에서 그가
세상을 다른 곳으로 실어가고 있을 뿐이었다

---

* 르네 마그리트의 그림 제목. 대낮의 하늘 아래 펼쳐진 심야(深夜)의 거리.
그건 욕망이거나 세기말의 은유가 아니었을까? 이 연작에는 통틀어 한 사람
이 등장한다. 그는 텅 빈 이 제국의 주인(主人)이다. 거리에는 아무도 없다.
불 켜진 창문 안에 숨죽인 욕망들, 혹은 억눌린 죽음들. 그는 이 닫힌 단자
들 사이를 다만 고요히 지나간다.
  마그리트는 이 연작을 완성하지 못하고 1967년에 죽었다. 그것과 무관한
일이지만, 그해에 내가 태어났다.

기차는 여덟 시에 떠나네

기차는 여덟 시에 떠나네
당신은 다섯 시에서 여덟 시까지
안개를 지켜보았지*
물을 한 모금 마시고 강물을 내려다본 것뿐인데
컵 속의 물이 얇게 얼어 있었지
철로는 어느 線선이든 조금씩 더러웠네
11월은 당신의 기억 속에 영원할 것이네*
기차는 여덟 시에 떠나네
먼 데서 얼크러진 길들이 천천히 다가왔으나
어느 길이든 상관은 없었네
철로는 어느 線이든 조금씩 더러웠네
당신은 다섯 시에서 여덟 시까지
안개를 지켜보았지
이제 당신은 종이컵을 구기고
신문지를 접어 드네
11월은 당신의 기억 속에 영원할 것이네
기차는 여덟 시에 떠나네
일곱 시 사십 분이거나, 여덟 시 이십 분이었어도
상관은 없었네,
단지 조금 이르거나 늦은 개찰일 뿐

기차는 여덟 시에 떠나네
11월은 당신의 기억 속에 영원할 것이네
아무도 그걸 기억하지 않겠지만
당신이 이곳에 있었다는 것도
안개가 다섯 시에서 여덟 시까지
당신을 지키고 있었다는 것도

---

* 그리스 민요 〈기차는 여덟 시에 떠나네〉에서.

다시, 황금나무 아래서

지금은 황금의 알들이 머리 위에서
새롭게 쏟아져내리는 시간,
그늘은 금빛으로 물들었다
이 나무는 태양의 오벨리스크, 태양의 司祭사제
부채 모양의 잎들은 태양의 손길이다
지금 시간은 정오
어둠과 빛을 섞어 새로운 알을 빚어내는
제의의 시간,
나무 그림자는 천천히 회전하는 중이다
시간을 등분하는 축음기 같은 회전, 그래서
나와 햇볕 사이는 열두 걸음이다
천천히 자리를 바꾸는 나무 그림자를 따라
어떤 것은 어두워지고, 어떤 것은 환해졌으나 지금은
和睦祭화목제의 시간,
그늘은 금빛으로 물들었다
나는 그늘과 햇볕 사이를 천천히 꿰매는
태양의 손길을 느낀다
지금 시간은 정오,
그늘이 제 부피를 늘였다 줄인 그곳
황금의 알들이 부화되는 그곳을

나는 천천히 걸어나온다
가장 작은 그늘이 나를 따라온다

노향림
시간 외

1942년 전남 해남 출생.
중앙대 영문과 졸업.
1970년 《월간문학》으로 등단.
시집 《K읍 기행》《연습기를 띄우고》
《눈이 오지 않는 나라》《후투티가 오지 않는 섬》
《그리움이 없는 사람은 압해도를 보지 못하네》 등.
대한민국문학상, 한국시협상 수상.

시 간

철거중인 수인선 폐선로가
뻘밭 속에 파묻혀 있다.
제 살 속에 완강하게 끌어안고
집착처럼 버티는 동안
모든 길은 이 개펄에서 끊긴다.

빗속에서 뒷걸음질치는 농게 몇 마리
뚫린 입으로 게거품을 뿜어올린다.
흐린 하늘을 가득히 띄운다.

수차가 부서진 채 나뒹굴고
바닥에 귀 대어 보면
시간이 팽팽하게 걸러지는 소리
소금들이 체중을 내리는 소리

바람이 딱새 몇 마리
수평선 위에 가볍게 내려놓는다.
그 너머 햇살 맑은 바다가 숨어 있는지
왼종일 마룻장 삐걱이는 소리가 들린다.

옛 물길 거슬러오다가
발 헛디딘 허공이 밤도둑처럼
흥건히 잠겨 있다.

몸부림치지 않고는 한 발짝도
건너뛸 수 없다고
뻘밭 속에 탈선한 고통 몇 량이
더듬더듬 느리게 얼굴 지운다.
소래포구가 저를 지운다.

철도원

흠집난 침목들이 깔리고 바람만 드나드는
선로 위로 이제 마악 옷 갈아입었는지
머리에서 발끝까지 콜타르투성이로
키보다 큰 사다리를 홀로 메고 온다.
역무원이 걸어온다. 그는 안팎곱사등이다.
잔등이 아득히 휘어져 만취의 나라
취객답게 휘어진 만큼 흔들거린다.
흠*의 얼굴 붉은 달이
철조망 너머로 불콰하게 웃는다.
한 움큼 근심 속에 핀
야생 애기똥풀꽃들이 히죽이 따라 웃는다.
어디선가 화답하듯 개 짖는 소리.
위험 방지턱 앞에서 잠시 멈칫거리더니
잘려나간 느티나무 너른 밑둥에 한참이나
몸 궁글리고 힘겹게 그 턱에 발을 올려놓는다.
신호등 하나 없는 철길을 가로질러
아무렇게나 쌓아놓은 적막 옆으로
그는 사라져 버린다.
밤새도록 그 일대를 꽉 짜서 널어놓은

청명한 공기를 새벽 기차가 와서
가득 싣고 어디론가 떠난다.

---

* T.E. 흄(1883~1917): 영국의 시인이자 비평가이며 철학자.

종 점

폐기된 주차장 끝에
하늘이 모니터 화면처럼 껌벅이며
걸쳐 있다.

몇 트럭씩 운무가 대신 주차한 사이
어디론가 출근 버스에 줄지어 몸 싣고
달리는 사람들의 선명한 가을 아침이
번쩍인다.

낚시꾼 두엇만이 세월 뒤에서
할 일 없이 릴 낚싯대를 휘두른다.
무수한 기포가 일고
미늘에 눈부시게 걸릴
그것은 무엇인가.

제 근심으로 저만큼 물러나
누렇게 말라가는 고수부지
산발한 머리채로 흔들리는 풀잎들이
벌레 뛰는 소리를 먼 지상으로 타전한다.

늦시간들이 한가하게 살과 뼈를
부비는 종점, 키를 낮춘 윤중로 벚나무들
짚으로 싸맨 하반신이 아직 늠름하다.
유난히 배가 부른 외투 속에는
욕정의 은빛 칼이, 男根남근이 숨겨져 있는지

갈밭에서 부리 붉은 쇠오리 떼
툭툭 겁 없이 마음 베어 튀어나온다.
누가 일일이 검색하는가
작동을 미처 끄지 못한 가을이 깊다.

절두산 성지

지난여름의
긴 수해의 잇자국들이
수런거리는 햇살 아래 몸 누이고 있다.
103위 성인들이 전세 사는
지하묘지 가파른 돌계단에
정체 모를 그림자들이
말없이 꿇어 앉았다.
마른 잎새들이 그들 어깨 위로 내려앉는다.
참형으로 목이 없는 그들
아직 죄업이 끝나지 않았다고
몇몇은 낙백한 정신으로
떨어져 뒹군다.
살아 있으라 살아 있으라
큰 목소리로 어석거리는 풀들의
종아리를 친다.
둥근 돔 위에 봉분을 개축하던 어스름들
희끗희끗 미끄러져 어느덧 흩어져
잠적하고 절두산 성지
그 아래

삭은 초겨울 몇 척이
스스로 깊어진다.

남부 요양소

언덕 끝에 오도마니 주저앉은 남부 요양소.
매달린 얼굴들이 하나같이 창백하다.
망각이 크게 입 벌린
저 입 속의 검게 썩은 말들,
한때 금이빨처럼 번쩍거리던
욕망의 말들이 히스트라짓 알약 냄새 배인
빈 병들로 쌓이거나 뒹굴며 있다.

그 사이 파랗게 봄물든 버즘나무들만
피하 속에 검은 젖꼭지들을 수줍게 내민다.
멀리서 이를 외면하듯 등돌린 나무들.
지상에 더는 되돌려줄 것 없다고
겨우내 어깨가 기울어 일그러졌다.

철 늦은 눈발들이 트롯춤으로 내려온다.
저희끼리 손과 손을 맞잡고 팽그르르 돌다가
상한 폐들이 아픈지 쿨럭인다.
흐린 빛 흐린 무늬로 붉게
눈시울에 깔린다.

어느새 보이지 않는 누군가의 손이
부푼 지상을 몇 덩이 꾸러미처럼
셀로판지로 감싸 버린다.
가슴께까지 들어올렸다 내려놓는다.
얇은 막 속에서 버둥거리다가 빠진
트럭 한 대.

비상등을 켠 속도들이 느린 걸음으로
길 밖에 나와 있다.
돌아나올 수 없는 저 길 뉘여놓고.

강변 마을

찻집 '째즈'에 올라간다.
카펫 붉게 깔린 3층 계단 옆에서
제 몸집보다 큰 트럼펫을 들고
흑인 가수 루이 암스트롱의 커다란 눈망울이
나를 노려본다.
브랜드 커피엔 하얀 각설탕을!
카푸치노? 아니, 아니
나는 블랙만 마실 거야.
블랙홀보다 검은 커피 한 잔이
내 앞에 당도한다.
나는 강변이 내려다보이는 창가가 좋다.
오늘따라 바람이 센지 짱짱한 구름 떼만
하늘에서 펄럭인다.
브래지어가 흘러내리고
흰 속치마가 절반쯤 뜯기고 찢겨나간
구름을 보는 것이 좋다.
아직 봄은 일러서 오지 않고
꽃샘바람에 눈꺼풀 닫은 채
종일 공중을 향해 팔을 벌리고
벌서듯 서 있는 나무들.

매캐한 매연 속에
푸른 잎을 틔울까 말까 생각중이다.
그 슬픔을 하나의 보석으로 마음의
블랙홀에 켜놓았다.
나트륨등이 반짝 켜진다.

밝은 미색 커튼 흔들리는 창가에서
블랙 커피나 한잔!

추천 우수작

문인수

허공의 뼈 외

1945년 경북 성주 출생.
동국대 국문과 수료.
1986년 《심상》으로 등단.
시집 《뿔》 《동강의 높은 새》 등.
김달진문학상. 대구문학상 수상.

허공의 뼈

산문 일대가 훤히 내려다보이는 이 바위 능선에 소나무 고사목 한 그루가 바람 매서운 쪽으로 힘껏 두 팔을 내지르고 있다.

선각의 몸은 깡말라 있다.

저 흰 뼈가 그려내는 오랜 樹形수형, 그 카랑카랑한 말씀이 푸른 허공을 한껏 피워올리고 있다.
그 높이 뛰어내리고 있다.

樹 葬수장

나무 한 그루를 얹어 심는 것으로
무덤을 완성하면 어떨까.

平平평평하게 밟아
그 일생이 보이지 않으면 되겠다.

너무 많이 돌아다녀 뒤축이 다 닳은 족적은 그동안
없는 뿌리를 앓아 온 통점이거나 罪죄,
쓸어모아 흙으로 덮는다면 잘 썩을 것이며
그 거름을 빨아 한탄 무성하면 되겠다.

어떤 춤으로 벌서면 다 풀어낼 수 있겠는지
느티나무든 측백나무든 배롱나무든 이제
오래 아름다운 감옥이었으면 좋겠다.

몽유, 폭우 속의 나무

강 건너 산악도 지금 폭우 속에 있다.
저 녹음의 산 중턱엔 어떤 나무 한 그루가 무수한 잎의
흰 뒷면을 바람에 비에 대는 것인지 꿈결처럼 은빛은빛 나
부끼고 있다. 한 줄기,
살풀이 명주수건 같다.
몸 풀며 몸을 풀며 마음이 내는 길,
길다 그대여 그 오랜 세월, 하염없이 내민 생각의 입자
가 아연 전부 젖어 반짝인다 전부, 그립다 그립다는 말의
은어 떼 같다. 참 여러 굽이 풀어내는 집체동작의 춤, 꽉
찬 험한 풍경 속에서 계속 피어오른다.
떠돈 자 그 뿌리를 앓듯이
저 깊은 뿌리엔 아픈 날개가 이는구나.
무슨 나무일까, 수만 리 강물 냄새를 물고 그대여
아름드리 감옥이 또 저 산엔 서 있다.

꽉 다문 입, 휴가

옛집 뒤란 돌아 들어가는 데서 살짝 바다의 한 쪽 끝이 내다보인다. 물항라 고운 치맛자락, 치맛자락, 같다. 마을 앞 긴 둑길이 그걸 붙잡는 내 마음이다. 갯바위 있는 데까지 따라나갔다가 또

수평선 보고 온다. 아 배 넘어간 곳,

나도 자라면서 말수가 줄었다. 이제 또 묵묵히 짐을 챙긴다. 어머니, 윗채에 올라가 아직 기도중이다. 또 올라가 홀로 오래 기도할 것이다. 많은 파도소리가 따라왔다가 집 뒤 대숲에서 논다, 무수히 운다.
대숲 흔들리는 거, 두 팔 산자락이 마을 안아 들이는 거 자꾸 돌아 보인다. 아 배 넘어간 곳, 꽉 다문 입.

저 一劃일획, 一掃일소의 힘이 나의 가계다. 그러나
그 바다의 꼬리가 또 이, 前上書전상서의 새파란 붓질 같다.

꽉 다문 입, 태풍이 오고 있다

새벽에 들어오는 고깃배들을 본다.
빈 그물엔 불가사리만 흉흉하게 붙어 있다.
밤새 건져올린 죽은 별들,
저것이 희망이었겠으나 힘껏 탁 탁 털어낸다.

마음이 또 꽉 다무는 입, 저 긴 수평선.

방파제 굵은 팔뚝이
태풍의 샅을 깊숙이 틀어잡고 있다.

독 백

　평일의 인기척 없는 산길은 골똘하다. 저녁노을 어느덧 심중으로 몰린다. 저 엄청 큰 소리가 어디 독백이랴. 세상 모든 고개 숙인 자들이 한꺼번에, 붉게 한번 울부짖고 싶구나. 내 탓이오, 꽉 다문 입 속이 또 깜깜하게 홀로 저문다.

이문재
눈냄새 외

1959년 경기 김포 출생.
경희대 국문과 졸업.
1982년 《시운동》으로 등단.
시집 《내 젖은 구두 벗어 해에게 보여줄 때》
《산책시편》《마음의 오지》 등.
김달진문학상. 시와시학 젊은 시인상 수상.

눈냄새

아무 일도 아니라는 듯
아무 일도 아니라는 듯
성긴 눈 내린다

복숭아같이 생긴 여자 아이가 걸어간 곳
아주 희박하게 눈발이 흩날리고
머릿발 서 있는
강원도의 힘센 산들이 집중한다

아무 일도 아니라는 듯
아무 일도 아니라는 듯

쾅, 하고 문 열고 나온 휴가병이
곡괭이 들고 내려가
꽝꽝 언 계곡물을 내리친다
넓은 이마에서 푸른 김이 피어오른다
강원도의 골짜기 골짜기들이
딴딴한 가슴팍으로 메아리를 받아낸다

아무 일도 아니라는 듯

아무 일도 아니라는 듯
성긴 눈발 굵어지고

복숭아같이 생긴 여자 아이
또박또박 강원도 속으로 떠나고
강원도 계곡물 겨우내
시퍼렇게 깊어진다
점점

점점 눈발은 굵어지고
하얀 눈 때문에 앞은 캄캄해지고
강원도는 주먹밥 같은 눈물을
마구 집어던진다

아무 일도 아니라는 듯
아무 일도 아니라는 듯

마흔 살

염전이 있던 곳
나는 마흔 살
늦가을 평상에 앉아
바다로 가는 길의 끝에다
지그시 힘을 준다 시린 바람이
옛날 노래가 적힌 악보를 넘기고 있다
바다로 가는 길 따라가던 갈대 마른 꽃들
역광을 받아 한 번 더 피어 있다
눈부시다
소금창고가 있던 곳
오후 세 시의 햇빛이 갯벌 위에
수은처럼 굴러다닌다
북북서진하는 기러기 떼를 세어 보는데
젖은 눈에서 눈물 떨어진다
염전이 있던 곳
나는 마흔 살
옛날은 가는 게 아니고
이렇게 자꾸 오는 것이었다

일본여관-2

기러기 떼 날아가자
초저녁 하늘에 문득 화살표가 생긴다
저 팔랑거리며 가물거리는 표지가
맨 처음의 기억을 가리키는 것일까
전철역을 빠져나오자 더욱 어두워진
사람들이 광장 한켠에서 자전거를 찾고 있다
오늘처럼 날선 십일월 초승달을 바라보면
이가 시리던 때가 있었다
시장통에서 빠져나간 길들이 가늘어지고
해마다 수심이 낮아지는 강의 지류를 따라
이태리 포플러들이 발뒤꿈치를 드는 것 같다
먼 집 현관에 늦은 불이 들어온다
철새들이 북북서진할 때면
뒤돌아서서 부르던 사람이 있었다
나를 낳고 죽을 때에도
아주 젊었다던 여자가 있었다

광화문, 겨울, 불꽃, 나무

해가 졌는데도 어두워지지 않는다
겨울 저물녘 광화문 네거리
맨몸으로 돌아가 있는 가로수들이
일제히 불을 켠다 나뭇가지에
수만 개 꼬마전구들이 들러붙어 있다
불현듯 불꽃 나무! 하며 손뼉을 칠 뻔했다

어둠도 이젠 병균 같은 것일까
밤을 끄고 휘황하게 낮을 켜놓은 권력들
내륙 한가운데에 서 있는
해군 장군의 동상도 잠들지 못하고
문 닫은 세종문화회관도 두 눈 뜨고 있다
엽록소를 버리고 쉬는 겨울 나무들
한밤중에 이상한 광합성을 하고 있다

광화문은 광화문(光化門)
뿌리로 내려가 있던 겨울 나무들이
저녁마다 황급히 올라오고
겨울이 교란당하고 있는 것이다

밤에도 잠들지 못하는 사람들
광화문 겨울 나무들

티벳 여행 안내서

가지 않은 곳은 모두 미래다
그날 만나지 못했던 그 사람도
읽지 않은 그 책의 몇 페이지도
옛날이 아니다
시간과 공간은 떨어지지 않는다
내 지나간 미래, 티벳

인적 없는 깊은 산중에서 얼음이 얼 때
얼음은 얼음 속에서 얼음 속으로
샹그리라, 라고 발음하는 것 같다
샹그리라― 오래된 투명한 단단함이
내장하고 있는 깊은 소리
만년설의 맨 아래를 지탱하는 소리
내 오래된 미래, 샹그리라

티벳 히말라야 파미르
아무도 모르게 주문처럼 외운다
안나푸르나 칸첸충가 시샤 팡마 초오유
화살기도하듯이 소리내어 중얼거린다

마음의 진동이 알파파로 바뀌고
이름 붙이기 어려운 이 평지에서의 몇 년 간
샹그리라, 샹그리라
내 전생들이 천산북로에 오르고 있다
저 앞에 있다

---

* '오래된 미래'는 헬레나 노르베리-호지의 책 제목이고, '지나간 미래'는 코
젤렉의 책 제목이다. '샹그리라'는 히말라야 어딘가에 있다는 이상향이다.

거 울

모든 빛을 통과시키기 때문에
유리창은 늘 차갑다
아무것도 간직하지 않아서
거울은 모든 것을 되비춘다
유리의 막힌 한쪽
거울의 뒤쪽
거울은 따뜻하지 않다

내 살아온 날들은
내 죽음이 함께 살아온 날들
이렇게 살아 있음의 뒤켠이
바로 나의 죽음
거울의 배면

내가 죽어야
내 죽음도 죽는다

이성선

내 안에 산이 외

1941년 강원도 고성 출생.
고려대 농학과 및 동대학원 국어교육과 졸업.
1970년 《문화비평》으로 등단.
시집 《하늘문을 두드리며》 《새벽꽃 향기》 《산시》
《내 몸에 우주가 손을 얹었다》 등.
정지용문학상. 한국시협상. 시와시학상 수상.

내 안에 산이

산을 가다가 물을 마시려고
샘물 앞에 엎드리니
물 속에 능선 하나
나뭇가지처럼 빠져 있다

물 마시고 일어서자
능선은 물 속에도 하늘에도 없다

집에 돌아와 자는데
몸에서 이상한 소리가 들린다
들여다보니
내장까지 흘러들어간 능선에서
막 달이 솟는 소리

그때부터다
내 골짜기 새 울고 천둥치고
소나무 위 번개 자고 밤에 짐승 걷고
노루귀꽃 고개 들어 가랑잎 안에 해가 뜬다

내 안에 산이 걸어간다

매지리 시편

아침 매지리 마을 논에
모를 심으러 사람들이 엎드렸다
써레질 잘해 놓아
흙탕물 곱게 가라앉은 논 위로
하늘이 무색(無色)으로 깔리고
산도 내려와 점잖게 누웠다
이 하늘과 산 위에 모를 꽂으며
기계가 부지런히 다니고 있다
농부들 몇만 논구석
기계의 손이 닿지 못하는 곳에 몰려
골뱅이 찾는 왜가리처럼
궁둥이를 위로 올리고 산능선 밟고 모를 심는다
이젠 논 복판을 기계만 다닌다
사람들은 여기서도 구석에 밀려나 있다
논둑에 가지런히 벗어놓은 신발만
풀잎 속에서 예전처럼 주인 쉴 시간을 기다린다
구름이 모여 있는 논구석으로
하얀 찔레꽃 그림자가 떨어지고
꽃 사이로 떠오른 농부의 동그란 얼굴들
모 심는 손 아래서 피었다 지고 졌다가 핀다

하늘 구석에 올라가 머리를 마주 대고
대화하는 사람은 농부뿐이다
다 떠나고 안 보이는 곳에 남아
하늘과 산을 마구 걸어다니며
벼꽃을 피우고 감자알을 굵게 하는 이도 지상의 마지막
이 하늘 사람들
저녁이면 그래서 개구리들이 별 가득 깔린
하늘과 산으로 올라가서 운다
매지리 마을은 하늘 음악 속에 고요하다

먼 길
—인도 땅에서

열차 창에 기대어 바라보는 밖의 풍경은
끝없이 나를 다른 세계로 이끈다
노란 유채밭 속에서 해가 저물고
야자수 잎이 먼저 뜨는 하늘로 새벽이 깬다
내 눈에 실린 메마른 땅
안개 속에 흔들리는 초원의 시간들
가끔 흙빛 강이 지나가고
지평선 위에 푸른 바다가 비칠 듯 사라진다
들에 엎드려 일을 하는 여인들
소와 낙타가 먼길을 걷는다
벌거벗은 아이들이 서서 손을 흔든다
가도 가도 끝이 보이지 않는 평원
모두가 그림같이 아득히 먼 곳
하늘 속 일들로 꿈꾸는 것 같다
밤이면 별밭처럼 지상은 불빛으로 반짝이고
무수히 나는 반딧불 위로 달이 고개를 묻는다
심야를 달리다 서는 이름 모를 역
역사(驛舍)의 희미한 등불 사이로 하얀 꽃향기 은은히
젖고
달빛 실은 대지는 들을 수 없는 음악으로 가득하다

방랑자의 길은 멀고 고달프지만
신에게 돈을 바치기 위하여
꽃을 팔러 오는 작은 소녀가 그리워
밤 열차 창에 기대어 새벽을 기다린다
낯선 얼굴이 정답게 웃으며 다가오는 땅
열차는 별밭 속으로 나를 싣고 달린다

설악을 가며

수렴동 대피소 구석에 꼬부려 잠을 자다가
밤중에 깨어 보니 내가 아무것도 덮지 않았구나
걷어찬 홑이불처럼 물소리가 발치에 널려 있다
그걸 끌어당겨 덮고 자다 선잠에 일어난다
먼저 깬 산봉 사이로 비치는 햇살에 쫓겨서
옷자락 하얀 안개가 나무 사이로 달아난다
그 모습이 꼭 가사자락 날리며
부지런히 산길을 가는 스님 같다
흔적 없는 삶은 저렇게 소리가 없다
산봉들은 일찍 하늘로 올라가 대화를 나누고
아직 거기 오르지 못한 길 따라 내 발이 든다
길 옆 얼굴 작은 풀꽃에 붙었던 이슬들
내 발자국 소리에 화들짝 놀란다
물소리가 갑자기 귀로 길을 내어 들어오고
하늘에 매달렸던 산들이
눈 안으로 후두둑 떨어진다
오르지 못한 길 하나가 나를 품고 산으로 숨는다

산 책

안개 속을 들꽃이 산책하고 있다
산과 들꽃이 산책하는 길을 나도 함께 간다
안개 속 길은 하늘의 길이다
하얀 무명천으로 몸을 열었다 닫았다 하는 안에
나도 들어가 걸어간다
그 속으로
산이 가고 꽃이 가고 나무가 가고 다람쥐가 가고
한 마리 나비가 하늘 안과 밖을 날아다니는 길
발 아래는 산, 붓꽃 봉우리들
안개 위로 올라와서 글씨 쓴다
북과 피리의 이 가슴길에
골짜기 고요가 내 발을 받들어 허공에 놓는다
써놓은 글씨처럼 엎질러진 붉은 잉크처럼
아침 구름이 하늘에 널려 있다
이 붓꽃에서 저 붓꽃으로 발을 옮길 때
안개 열었다 닫았다 하는 세상이
내 눈 안에 음악으로 열린다
안개 속을 풀꽃 산 더불어 산책을 한다

월 식

하늘 속으로 달이
월식하러 들어간다

빤쓰까지 벗고 커튼 내리고
꼭 그짓하러
침실로 가는

여자의 뒷모습을 보는 것 같아서
내가 따라 들어간다

하늘이여,
오늘 밤은 깜깜한 저 방에서
그녀와 한몸이 되어
한번 깜깜하게 지워지고 돌아와서

당신의 벼락을 받겠습니다.

이재무

구절리 가는 길
—길 잃으니 환하게 길 잘 보인다 외

1958년 충남 부여 출생.
한남대 국문과 및 동국대 대학원 국문과 졸업.
1983년 《삶의문학》으로 등단.
시집 《섣달그믐》《온다던 사람 오지 않고》
《벌초》《몸에 피는 꽃》《시간의 그물》 등.

구절리 가는 길
—길 잃으니 환하게 길 잘 보인다

비온 뒤 연달아 피어오르는 안개의 혀
큰 산의 나신 핥는다 안개는 뱀의
등허리가 되고 물고기의 지느러미가 되고
아아, 안개는 내 여인의 가는 허리가 되고
큰 산은 쑥스러워 靑靑청청 웃는다
가도 가도 구절양장의 길 구절리
한 굽이 돌 때마다 거기, 우리네 아픈 생의
내력 있다는 듯 자동차 바퀴에 튀어
옆구리에 퍽, 질러오는 묵언의 저 돌멩이들
노변, 싸리나무꽃이 있었다
볼우물이 수줍은 그녀
내 어릴 적 공부에 게으른 날
종아리 파랗게 아프게 하더니
오늘은 불룩해진 아랫배 쿡 찌르며 웃는다
길 좋다 길 잃고 길 잃으니
내 잠시 비워 두고 온 세간이
저렇듯 반짝이는 녹엽으로 멀리서도 환하다
산사가 차려 주는 저녁 공양
달게 비우고 山心산심에 젖어 어둠이
어둠을 낳는, 밟을수록 더욱 싱싱해오는

산길을 한 마리 산짐승 되어 꿈틀꿈틀
내려온다 이미 밤은 깊어서 광 속처럼
빼곡이 들어찬 어둠의 속살
그 안에 묵직한 돌이 되어 풍덩 빠지면서도
나는 상장 받은 아이인 양
내일이 전혀 두렵지 않다
한낮에 본 사랑에 눈먼 철부지 안개 처녀들아
큰 산 데불고 다들 어디로 갔나 벌써 그것들
내 안에 들어와 꽃으로 웃고 있는지
내 몸은 산으로 의젓하고 또, 얇은
종잇장 되어 나는 한없이 가볍게 날아오른다

제부도

사랑하는 사람과의 거리 말인가?
대부도와 제부도 사이
그 거리만큼이면 되지 않겠나

손 뻗으면 닿을 듯, 그러나
닿지는 않고, 눈에 삼삼한,

사랑하는 사람과의 깊이 말인가?
제부도와 대부도 사이
가득 채운 바다의 깊이만큼이면 되지 않겠나

그리움 만조로 가득 출렁거리는,
간조 뒤에 오는 상봉의 길 개화처럼 열리는,

사랑하는 사람과의 만남 말인가? 이별 말인가?
하루에 두 번이면 되지 않겠나
아주 섭섭지는 않게 아주 물리지는 않게
자주 서럽고 자주 기쁜 것
그것은 사랑하는 이의 자랑스러운 변덕이라네

하루에 두 번 바다가 가슴을 열고 닫는 곳
제부도에는 사랑의 오작교가 있다네

감자꽃

차라리 피지나 말걸 감자꽃
꽃 피어 더욱 서러운 女子여자.
자주색 고름 물어뜯으며 눈으로 웃고
마음으론 울고 있구나 향기는,
저 건넛마을 장다리꽃 만나고 온
건달 같은 바람에게 다 앗겨 버리고
아무도 눈길 주지 않는, 비탈
오지에 서서 해 종일 누구를 기다리는가
세상의 모든 꽃들 생산에 저리 분주하고
눈부신 생의 환희를 앓고 있는데
불임의 女子. 내, 길고 긴 여정의
모퉁이에서 때묻은 발목 잡고
퍼런 젊음이 분하고 억울해서 우는
내 女子. 노을 속 찬란한 비애여
차라리 피지나 말걸, 감자꽃
꽃 피어 더욱 서러운 女子.

순 례

나를 울다간 이여
나도 나를 어쩌지 못해
몰래 키워 온 죄 버리려
한 마리 갑충 되어 기어오른다
몸속을
굽이치는 불온한 피
내 살[肉]이 열릴 때까지
산속을 산속을
눈물도 없이 헤매는 동안
그 무슨 노여움, 그 무슨 앙갚음으로
산은 저리 불타고
이제 나는 미물보다도 더 작고 작아져
돌멩이 앞에서도 헉,
숨이 차올라 넘지 못한다
가을이 나를 떠날 때까지
끝나지 않을 징벌의 순례

길

길은 어둠이 오면 이내 잠자리에 든다
낮 동안 마을과 마을, 읍내까지 다녀오느라
먼지로 두꺼워진 몸 서늘한 달빛에 맡기고
온갖 짐승, 새소리 끌어들여
굳어진 근육을 푼다
밤이 이불 되어 거듭 길 덮고
별이, 깨알 같은 별이 소복이 내려 쌓이고
물소리가 빗자루 되어 일과의 고역
쓸어내리는 동안
길은 잠꼬대 한 번 없이 긴 잠을 잔다
잠자는 동안 길 안과
밖의 경계는 지워지고 천상의 것들은
지상에 내려와 하나가 되고
새벽 서리가 톡, 톡, 톡, 이마를 치면
투덜대며 잠 털고 일어나
저를 밟으며 또 하루를 살아낼 이들 위해
길은 기꺼이 길이 된다

여기 님께서 하사하신 찰흙 한 덩이가 있습니다
가마솥이나 달구고, 엄한 돌칼이나 만지작대던
이 무딘 솜씨로 새삼 무엇을 다시 빚으오리까
활활, 타는 장작불에
속이 훤한 항아리 하나 잘 지어내어서
굴뚝에서 멀어진 가는 연기 같은
솔숲 푸른 향기 담아 올리오리까
나무 한 그루 실하게 키워
먼지 많은 골목 속으로 두어 평 그늘을 드리울까요
새 한 마리 미끈하게 낳아
하늘을 썩 잘 날게 할까요
푸른 벌판을 매일을 먹고도 늘 허기져 있는
검은 염소나 낳아 방목할까요
그도 아니면 발갛게 달아오른 꽃봉오리 벙글게 하고
오늘은 유난히 한가하셔서 콧구멍이나 후비고 있는
님의 눈을 밝게 할까요
하지만 빚다가 빚다가
송편 같은 초승달은 거친 솜씨가 아퍼 마른 개떡이나 되고
빚을수록에 어디서 새끼 잃은 짐승의 목쉰 울음만 들려
옵니다

차라리, 찰흙 속에 질퍽한 생(生) 처박고 우니

누군가 나를 무엇으로나 빚어 세상에 내놓으시든지 말든지

여기, 님께서 평생의 벌로 내리신 찰흙 한 덩이가 있습
니다

이정록

주걱 외

1964년 충남 홍성 출생.
공주사대 한문교육과 졸업.
1993년 《동아일보》 신춘문예로 등단.
시집 《벌레의 집은 아늑하다》 《풋사과의 주름살》
《버드나무 껍질에 세들고 싶다》 등.
대전일보문학상 수상.

주 걱

주걱은
생을 마친 나무의 혀다
나무라면, 나도
주걱으로 마무리되고 싶다
나를 패서 나로 지은
그 뼈저린 밥솥에 온몸을 묻고
눈물 흘려 보는 것, 참회도
필생의 바람이 될 수 있는 것이다
뜨건 밥풀에 혀가 데어서
하얗게 살갗이 벗겨진 밥주걱으로
늘씬 얻어맞고 싶은 새벽,
지상 최고의 善者선자에다
세 치 혀를 댄다, 참회도
밥처럼 식어 딱딱해지거나
쉬어 버리기도 하는 것임을,
순백의 나무 한 그루가
내 혓바닥 위에
잔뿌리를 들이민다

아름다운 녹

고목이 쓰러진 뒤에
보았다, 까치집 속에
옷걸이가 박혀 있었다
빨래집게 같은 까치의 부리가
바람을 가르며 끌어올렸으리라
그 어떤 옷걸이가 새와 함께
하늘을 날아 봤겠는가, 어미새 저도
새끼들의 외투나 털목도리를 걸어놓고 싶었을까
까치알의 두근거림과 새끼 까치들의
배고픔을 받들어 모셨을 옷걸이,
까치똥을 그을음처럼 여미며
구들장으로 살아가고 싶었을까
아니면, 둥우리 속 마른 나뭇가지를
닮아 보고 싶었을까
한창 녹이 슬고 있었다
혹시, 철사 옷걸이는
털실을 꿈꾸고 있었던 게 아닐까

나무젓가락 단청

계란 핫도그를
다 뜯어먹자
외짝 나무젓가락
일주문 기둥이 나왔다

계란을 받들기 전
오랫동안 합장을 했던
나무젓가락의 마른 기도가
기름에 절어 있었다

일주문의 허리까지
옥수수기름으로
단청이 되어 있었다

죽은 나무의 영혼에서
두어 번, 식은 기름을 빨아
멀리 내뱉었다

끓는 기름을 들이마신
깡마른 고행의 자리가

슬프게도 더 늦게 썩을 것이다

생목 우듬지가, 내
목젖을 치고 올라왔다

붉은풍금새

누나 하고 부르면
내 가슴속에
붉은풍금새 한 마리
흐트러진 머리를 쓸어 올린다

풍금 뚜껑을 열자
건반이 하나도 없다

칠흑의 나무 궤짝에
나물 뜯던 부엌칼과
생솔 아궁이와 동화전자주식회사
야근부에 찍던 목도장,
그 붉은 눈알이 떠 있다
언 걸레를 비틀던
곱은 손가락이
무너진 건반으로 쌓여 있다

누나 하고 부르면
내 가슴속, 사방공사를 마친 겨울산에서

붉은 새 한 마리
풍금을 이고 내려온다

흠집

낮고 긴 골짜기
그 끄트머리에 장곡사가 있다
작년에는 살림살이가 늘어 종각을 짓고
은방울꽃 한 송이 매달았다
그런데 너무 서두른 나머지
기둥이며 서까래가 모두 금이 가버렸다
나무들이 바다 건너 제 떠나온 물줄기 쪽으로
돌아누울 때마다, 종소리가 불현듯
七甲칠갑의 가슴을 때리기도 한다
하지만 우리 나라의 말씀들이
얼마나 깊고 선하신가
그 흠마다 집 한 채씩을 들이시고
생나무들의 旅愁여수 위에
거미들이며 작은 곤충들을 들여앉히시니
나무 관세음보살일 따름이다
맘씨 좋은 고목일수록, 제 스스로
껍질 가득 흠집을 두는구나
산마루에 올라 七甲山칠갑산 줄기들의
터진 솔기마다 깃들여 있는 마을들,
그 아름다운 꽃봉오리들을 굽어본다

그럼, 내가 기어오른 이곳이
꽃대였단 말이 아닌가
새순인 양 구석구석 봉분도 품고 있는
굵은 꽃대공이었단 말이 아닌가

玄雲墨書 현운묵서

겨울 논바닥
지푸라기 태운 자리
얼었다 풀렸다
검게 이어져 있다

산마루에서 굽어보니
하느님이 쓴 반성문 같다

왜 이리 말 줄임표가 많지?

겨울새 떼들이
왁자하게 읽으며 날아오르자
민망한 듯 큰눈 내린다

반성문을 쓸 때
무릎 꿇었던, 쌍샘에서
소 콧구멍처럼 김이 솟아오른다

온 들녘에, 다시
흰 종이가 펼쳐지자

앞산 뒷산이
깜깜하게 먹으로 선다

송수권

부석사 가는 길 외

1940년 전남 고흥 출생.
서라벌예대 문예창작과 졸업.
1975년 《문학사상》으로 등단.
시집 《산문에 기대어》 《꿈꾸는 섬》 《아도》
《다시 산문에 기대어》 《우리들의 땅》
《바람에 지는 아픈 꽃잎처럼》 등.
소월시문학상, 정지용문학상, 김달진문학상,
문공부 예술상, 서라벌문학상 수상.

부석사 가는 길

소백산 바람소리 귀를 묻고
부석사(浮石寺) 가는 길
천 년 넘도록 붉은 옷자락 펄럭이며
서 있을 선묘, 꿈꾸는 善妙선묘
온천장을 들러 몸 씻고 가리라
눈 크고 발바닥 좁은 唐당나라 처녀
치마폭 한번 내준 죄로
젊은 스님 따라와 절을 쌓은 여자
풍기 순흥 안흥 사과꽃밭 지나
귓불에도 흰 사과꽃이 날리는 여자
휘청거리며 휘청거리며 부석사 가는 길
선묘각 앞까지 나가 단지(斷指)하고
마음속 큰 절 한 채 지으리라.

한 채는 호준이의 塔탑
한 채는 문지의 塔
한 채는 못다 핀 첫사랑 서른여섯
그렇게 간 당신의 塔.

늦가을

늦가을엔 떠도는 이 나라의
시인들 너무 많다.

천 이랑 만 이랑
술빛으로 익어가는 저녁 바다
누에머리 흔들흔들 李白이백과 함께
채석강에 내려와
참 가당찮은 세월
海印해인이란 말뜻을 아느냐고
머릿도장을 찍더니

오늘은 來蘇寺내소사에 들러
우두커니 혼자 저무는 돌장승이 민망했던지
죄 없는 머리통을 쥐어박으며
여기 손도장 하나 찍고 간다고
호들갑을 떤다.

오백 년 묵은 키 큰 미루나무 잎새들
'쟤가 왜 저러나'

덩달아 웃다가
와르르르 무너진다.

餘 韻여운

헬리콥터처럼 수직으로 내려오지 못하는 슬픔
백로는 물이 흐르는 가까운 곳, 집을 짓는다
우포늪이 있는 牛黃山우황산 솔숲, 한밤중에도
그것들은 목화솜처럼 회게 부풀어오른다
날빛 들기 전 이른 새벽 소택지에 떠오른 가시연꽃들
불을 켜고, 둥둥둥 떠다니는 둥근 연잎새들 디딤돌로
통, 통, 통, 통통, 발굽을 차며 사뿐 내려앉는다
하얀 발가락들이 젖어 불빛에 환하다
불 꺼진 다음에도 발목이 다 붓도록 디딤돌을 딛는다
망망대해를 건넌 저것들에게도 이런 슬픔이 있다는 것,
물안개 속에서도 통, 통, 통, 통통, 저 디딤돌 뛰는 소리
내 숨구멍까지 크게 열려 한 몸이 한 박자를 이룬다
내 몸 안에도 한 춤사위 한 장단 있음을 안다

내 사랑은

저 산마을 산수유꽃도 지라고 해라
저 아랫뜸 강마을 매화꽃도 지라고 해라
살구꽃도 복사꽃도 앵두꽃도 지라고 해라
하구 쪽 배밭의 배꽃들도 다 지라고 해라
강물 따라가다 이런 꽃들 만나기로서니
하나도 서러울 리 없는 봄날
정작 이 봄은 뺨 부비고 싶은 것이 따로 있는 때문
저 양지 쪽 감나무밭 감잎 움에 햇살 들치는 것
이 봄에는 정작 믿는 것이 있는 때문
연초록 움들처럼 차오르면서, 햇빛에도 부끄러우면서
지금 내 사랑도 이렇게 가슴 두근거리며 크는 것 아니랴
감잎 움에 햇살 들치며 숨가쁘게 숨가쁘게
그와 같이 뺨 부비는 것, 소근거리는 것,
내 사랑 저만큼의 기쁨은 되지 않으랴.

破天舞 파천무

사랑이란 말 함부로 쓰지 말자
인연이란 말 함부로 쓰지 말자
만남이란 말 함부로 쓰지 말자

오직 한 사람을 찾아 밤하늘 은하계를 떠돌았다
대기권을 진입하면서 불타 버린 돌멩이 하나로
그녀는 이 지상에 나를 찾아왔다.

내가 태어나던 해에 그녀도 똑같이
우리 고향 성두리 뒷산에서 한 나무꾼에 의해
발견되었고, 한 일본인 손에 들려 豆原隕石 두원운석이란 이름
으로
도쿄 제국 박물관에 누워 있다가 환갑을 넘기고서야
이렇게 현해탄을 넘어왔다.

삐뚜름한 모자를 쓰고 금빛 단추를 달았던 흔적,
白鳥座 백조좌의 황금수레를 타고 몇 억 광년을 떠돌며
황금수레의 말채찍을 휘둘렀던 흔적,
하늘의 숲과 내를 대질렀던 그녀의 함성,
그녀 또한 이 지상에 서서

밤하늘을 노래하는 나를 만나러 왔다.
사랑이란 말 함부로 쓰지 말자
인연이란 말 함부로 쓰지 말자
만남이란 말 함부로 쓰지 말자

얼룩말과 쇠듬새기새

언제 보아도 그녀의 귓구멍은 알록조개 한 잎 같다
얼룩말의 귀처럼 뽀얗고 사랑스럽다
얼룩말은 순하다 착하다 그녀는 얼룩말이다
쇠듬새기새는 얼룩말의 쫑긋한 두 귀에 관심이 많다
진드기가 숨어 살고 있기 때문이다
쇠듬새기새는 진드기를 파먹고 다음은 귀지를 먹는다
얼룩말은 두 귀를 육감적으로 쫑긋거린다
쇠듬새기새는 주인 몰래 상처를 내어 피를 마시기도 한다
털을 한 옴큼씩 뽑아다 집을 짓기도 한다
알을 까고 새끼들이 쪼로롱 방울소리 낼 때는
얼룩말의 두 귀가 허전하다
얼룩말이 무엇에 놀라 뛸 때는 그 귓구멍 속에 숨기도
한다
이삿짐 센터 같은 얼룩말이 죽을힘을 다해
아파트 고층을 오른다
날지 않는 새, 쇠듬새기새, 면봉을 휘두르며
나는 지금 그녀의 귓구멍을 파고 있다
그래 사랑은 어떤 이유로든 귓구멍 파기다
나는 目下목하 한 여자의 귓구멍을 파며 그녀의 영혼 깊
숙이 혀를 밀어넣는다

김용택

잠시 빌려 사는 세상의 집들이
너무 크지 않느냐 외

1948년 전북 임실 출생.
순창농고 졸업.
1982년 《창작과비평》의 《21인 신작시집》으로 등단.
시집 《섬진강》《맑은 날》《누이야 날이 저문다》
《꽃산 가는 길》《그리운 꽃편지》《그대 거침없는 사랑》
《강 같은 세월》《그 여자네 집》 등.
소월시문학상, 김수영문학상 수상.

잠시 빌려 사는 세상의 집들이
너무 크지 않느냐

어여쁘게 물든다
빨갛게 물든다
어여쁘게 물든다
노랗게 물든다
빨갛게나 더 두지
노랗게나 더 두지
어여쁘게 그냥 두지
가을 산
아, 가을 산이 간다

안개비가 내린다.

잎 다 진 가을 나무들이 안개 속에 서서 젖는다. 화사한 봄날 이슬비에 촉촉하게 젖어 날마다 새롭던 잎. 씻어낼 수 없는 죄는 화려하다. 저 단풍들 좀 보거라. 소리도 없는 안개비에 속살이 젖어 살아나는 화려한 색깔들을 좀 보거라.

사람들이 시집을 보낸다. 이 멀고 먼 강가까지, 아이들이 떠드는 소리 안개 속에서 아득하다. 그들의 시와 사랑, 그들의 고뇌와 외로움, 그리고 그들이 걸어온 흔적들과 남아 있는 아득한 길. 삶은 때로 아득하니까. 때로 화려하게 물들고 싶은 우리들의 남루한 사랑. 한 편의 시로 한 채의 집을 지으려는 시인들의 애타는 몸짓들이 아슬아슬하지만 가을에 집이 그리 쉬운가.

감이 익는다.

아이들이 이파리 하나 없는 감나무를 그리고 감나무 아래 허술한 집 한 채를 짓고, 이 동네 저 동네 이 집 저 집 감나무 감이 익는다고 시를 쓴다. 꽃이 핀다. 노란 산국들이 마구잡이로 피어난다. 운동장 가 벚나무는 붉은 옷을 다 벗는데, 그 나무 사이로 우체부가 빨간 오토바이에 '시의 집'을 싣고 온다. 좀체로 사람들이 들어가 살 수 없는 그 집, 집 안에서는 너무 덥고, 집 밖에서 눈도 없이 바람만 불고 너무 춥다. 보아라. 잠시 놀러 와서 빌려 사는 세상의 집들이 내가 살기엔 너무 크지 않느냐.

안개 속에서 돌아온 산하고 놀고 싶다.

안개 속에 가만히 서 있는 나무 아래 서서 나무를 바라보며 나무야, 나무야, 나랑 놀자. 잎 다 진 나무하고 놀고 싶다.

이슬비가 내린다.

산은 나무의 집이다. 나무로 산의 집을 짓는다. 산은 나무를 데리고 어디로 갔다가 오는 걸까. 안개, 안개가 하얗게 다가오는데, 아이들이 도화지에 감나무를 그린다. 아이들은 안개 속에서 무엇이든지 다 그들 세상으로 데려온다. 감나무 검은 가지에 붉은 감들이 파란 허공에 그려진다. 허공만이 진실일까. 아무도 따지 않은 감들이 아이들 그림 속으로 도망가 붉고 둥글게 금방금방 그려진다. 그 그림 속 산 아래 강 언덕 감나무가 있는 집으로 나도 들어가 문을 닫는다.

집을 두고
산은 간다

가슴에 지워지지 않는 사랑을 가진 사람들은 가을 강으로 가고 싶으리라
가을에 물들지 않는 사랑은 있는가
가을에 지지 않는 사랑이 있는가
노랗게 단풍 물든 지리산 물푸레 나뭇잎같이 밟히는 선명한 사랑, 아, 그 선명한 사랑,
이 세상 그 어디에도 감출 수 없는 사랑을 가진 사람들

은 산을 내려와 강으로 가고 싶으리라
　강물은 흐르고
　산은 천천히 강에 내린다.
　가을비로도
　씻어낼 수 없는 화려한 무늬를 가진 사랑은 지고 말리
라.

　어여쁘게 더 두지
　빨갛게나 더 두지
　노랗게나 더 두지

　산이 간다.

겨울 강가에서

너와 나란히 서서
꽝꽝 언 얼음 위에
돌을 던진다
얼음은 하얗게
멍이 들고
돌은 소리를 죽이며
강기슭에 가 닿는데
강은 얼마나 깊은지
강은 세상으로
얼마나 깊이 흐르는지
산이 운다

산이
울어

빈 들

빈 들에서
무를 뽑는다

무 뽑아 먹다가 들킨 놈처럼
나는
하얀 무를 들고
한참을 캄캄하게 서 있다

때로
너는 나에게
무 뽑은 자리만큼이나
캄캄하다

그리움

솔숲에 들었습니다

솔잎 위에

솔잎이 차곡차곡 쌓였습니다

솔잎도 쌓이니

한 잎

두 잎

세월입니다

올 페

봄꽃들이 지는 날, 너의 글을 읽는다. 땅 위에 떨어져 있던 흰 꽃잎들이 다시 나무로 후루루 날아가 붙는다.

인생은 꿈만 같구나.

다시, 꽃나무가, 시 한 편이 고스란히 세상에 그려진다.
꽃 속에서 새가 운다.
아이들이 꽃나무 아래에서 하늘을 올려다본다. 꽃이파리들이 아이들 사이를 날아다닌다. 아이들이 날아다니는 꽃잎을 좇고, 의현이와 은미가 시를 쓴다.

벚꽃잎이 하나씩 날아갑니다. 어디로 가는지 모르겠지만 얼마 안 가서 빙글빙글 돌며 떨어질걸요.

향기로운 꽃은 누굴 주고 싶어서 피었을까. 나도 꽃을 좋아한다. 아, 아, 나에게도 꽃을 줄까.

꽃나무 아래에서 하루,
올페는 죽을 때 나의 직업은 시인이라고 했다.

이 소 받아라
—박수근

내 등짝에서는 늘 지린내가 가시지 않았습니다 업은 누
이를 내리면 등에서는 김이 모락모락 피어났지요
누이를 업고
쭈그려앉아 공기놀이나 땅따먹기를 하면
누이는 맨발로 땅을 치며
껑충거렸지요 일어나 보면 땅에는 누이의 발가락 열 개
자국이 또렷하게 찍혀 있었습니다
나는 누이 발바닥에 묻은 흙을 두 손으로 털어 주고 두
발을 꼭 쥐어 주었습니다

어머니는 동이 가득 남실거리는 물동이를 이고 서서 나
를 불렀습니다
용태가아, 애기 배 고프겠다
용태가아, 밥 안 묵을래
저 건너 강기슭에
산그늘이 막 닿고 있었습니다
아버지는 그때쯤
쟁기 지고 큰 소를 앞세우고 강을 건너 돌아왔습니다
이 소 받아라

아버지는 땀에 젖은 소 고삐를 내게 건네주었습니다

시인 고재종과 그의 작품세계

수상소감
고재종/ '순결한 분노'를 간직하며

■

자전적 에세이
고재종/내게 있어 살아갈 힘과 의미가 되어 준 문학

■

시인 고재종을 말한다
신덕룡/수줍음과 천진함 지닌 불혹의 소년

■

고재종의 작품세계
정효구/가장 원시적인 것이 가장 미래적이다

'순결한 분노'를 간직하며

―끝까지 함께 부르고 경청할 '생명의 노래'

오늘날 많은 근대적 기획들이 무너지고 있습니다. 또 자본주의의 전지구적 관철 논리 속에 농촌과 자연도 예외일 순 없습니다. 하지만 저는 부조리한 세상에 대한 '순결한 분노'를 결코 잊지 않습니다. 동시에 어떠한 처지 속에서도 모든 숨탄것들의 '생명의 노래'를 끝까지 경청하고 함께 부르겠습니다.

고 재 종

수상 통보를 받고 문득 소월의 시 〈못 잊어〉가 떠올랐습니다. "못 잊어 생각이 나겠지요,/그런 대로 한 세상 지내시구려,/사노라면 잊힐 날 있으리다." 어쩌면 그렇게 살아왔습니다. 세상에 못 잊을 일들, 못 잊을 꿈들 그냥 다독다독 재우며 저 혼자 살아왔습니다. "사노라면 잊힐 날 있으리다"란 구절을 염불처럼 외우며 살아왔습니다. 그렇게 살다 보니 웬걸 이렇게 좋은 일도 있긴 있나 봅니다.

사실 저는 애초부터 '소월적'일 수밖에 없었습니다. 익히 알다시피 소월은 식민지 현실 속에 외로움에 처한 민중들의 정한(情恨)을 사랑과 죽음과 이별의 비가(悲歌) 형식을 빌어 서럽게 노래했습니다. 저 역시 오늘날 도시 산업 사회에 앗길 것 다 앗기고 죽음과 빚더미와 유령촌이 되어 버린, 다시 말해 나라 안의 내재적 식민지가 되어 버린 농촌의 한 변방에서 40여 년 간을 살아오며 너무도 서러울 수밖에 없었습니다. 모든 의욕과 기획들이 꺾이고 결국 체념의 나락으로 떨어질 수밖에 없는 현실 속에서의 피끓는 젊음이란 차라리 형벌이었습니다.

그러나 저는 소월과의 변별성을 생각했습니다. 그것은 일차적으로 '의연한 분노'를 꿋꿋이 간직하자는 것이었습니다. 아직도 이 땅의 500만 명의 목숨줄이 달린 농촌을 결코 외면할 수 없다는, 아울러 아직도 이 나라의 싱싱한 밥과 먹거리를 제공하는 생산의 고향을 폐기처분해 버릴 수 없다는 어쩌면 당위적 분노가 제 시의 한 축을 있게 했습니다. 사실 정한의 비가로 점철된 듯한 소월 시 중에도 〈옷과 밥과 자유〉나 〈바라건대는 우리에게 우리의 보습대일 땅이 있었더면〉 같은 시들은 당대의 사회성을 직접적으로 반영하고 있습니다. "나는 꿈꾸었노라, 동무들과 내가 가지런히/벌 가의 하루 일을 다 마치고/석양에 마을로 돌아오는 꿈을,/즐거이, 꿈 가운데.//그러나 집 잃은 내 몸이여,/바라건대는 우리에게 우리의 보습대일 땅이 있었더면!" 같은 경우가 그것이지요.

또 하나 소월과의 변별성에 대한 저의 생각은 자연과 농촌의 생명성에 대한 천착이었습니다. 오늘날 소위 생태주의적 상상력이니 뭐니 하는 것들이 이미 담론화되고 있다는 걸 저도 압니다. 그러나 저는 그런 논리들은 잘 모릅니다. 오히려 이 참절(慘絶)의 변방에 살면서 소월처럼 정제된 슬픔을 노래하는 것과 함께 "사는 곳 어디든 슬픔이 아니랴, 또한 사는 곳 어디든 기쁨이 아니랴"는 지극한 동양적 순명의 정신을 흡수하다 보니 되레 자연과 농촌 속에서 발양하는 모든 숨탄것들이 서럽도록 아름다워지고, 그 가운데서 저는 은일자적(隱逸自適)의 기쁨까지 누릴 수 있었던 것입니다.

그래서 어느 때부턴가 노래가 터져나왔습니다. 사실 시를 시작해 온 이래 소월의 가락에 항상 질투와 함께 콤플렉스를 느끼고 있던 터였는데 어쨌든 삶을 긍정하다 보니 아침에 먹는 된장국에 조식(粗食) 한 그릇도 새로워지고 달디달던 것입니다. 혹자는 그런 아름다운 언어와 가락 속에 농촌 삶의 신산함과 핍진성이 은폐되어 버리는 것 아니냐고 우려도 했습니다만, 어쩌면 시는 그런 주제의식을 속울음으로 삼키며 결국 노래를 해야 하는 것 아니냐는 것이 요즘의 제 생각입니다.

오늘날 많은 근대적 기획들이 무너지고 있습니다. 또 자본주의의 전지구적 관철 논리 속에 농촌과 자연도 예외일 순 없습니다. 이런 속에서 한가하게 전통 서정이나 답습하고 있다고 저의 시를 폄훼할 수도 있겠습니다. 하지만 저는 부조리한 세상에 대한 '의연한 분노'를 결코 잊지 않습니다. 동시에 어떠한 처지 속에서도 모든 숨탄것들의 '생명의 노래'를 끝까지 경청하고 함께 부르겠습니다.

한 원로시인이 다시 '서정을 말하는 이유'를 밝히며 "우리는 함부로 시의 황금시대를 꿈꾸지 말아야 한다. 시인이 사회적 요직자가 되는 인위적인 자기옹호도 내버려야 한다. 시인이란 본질적으로 삶의 복합적 현장에서 중심부가 아닌 주변부의 존재이다. 시인이란 황량한 세상에서 한 방울의 눈물이나 연민 또는 누가 이해해 주기를 바라지 않는 순결한 분노가 있어야 한다. 그래서 시인이란 그의 시와 함께 세속적으로 자주 고아가 되는 존재이다"라고 했던 바, 이는 나에게 천금 같은 말입니다. 다만 100년 전의 소월이 오늘 저에게까지 면면이 이어져 그 이름으로 된 상을 받았으니 이런 시와 삶의 위의(威儀)를 위해서라도 열심히 써야겠다는 생각이 듭니다.

저의 성장을 묵묵히 지켜봐 주신 몇몇 분이 계십니다. 이름을 밝히지 않음으로 오히려 빛이 될 것 같습니다. 일곱 분이나 되는 심사위원 여러분께 어떻게 감사의 말씀을 드려야 할지 모르겠습니다. 이 자리에서 큰절 올립니다. 마지막으로 항상 골골거리는 병약(病弱)으로 일도 제대로 못하는 저를 거두어 주는 아내와 집에서는 시 쓰면 돈 버느냐고 저를 기죽이다가도 밖에 가서는 "우리 아빠는 유명한 시인이다"고 자랑한다는 어린 아들에게 미안함과 함께 고마움을 표해야겠습니다. 감사합니다.

내게 있어 살아갈 힘과 의미가 되어 준 문학

나는 내 힘닿는 데까지 농사를 지으며 시를 쓰고, 시를 쓰며 농민운동을 했다. 나는 내 일한 만큼 쓰고, 쓴 만큼 농민운동으로 사회적 실천을 했다. 어쩌면 시와 삶의 일치를 이루었던 내 생의 가장 행복했던 시절이었다. 그 결과 '한국의 농촌·농민시의 대명사'로 몇몇에게 일컬음을 받을 만큼의 성과를 거둔 네 권의 농민시를 썼다. 물론 그 농민시가 농민만이 아닌 인간의 보편적 애환까지 담아내지 않았다면 나는 이미 실패했을 것이다.

고 재 종

■ 참혹한 현실을 잊고자 몰입했던 유년기의 독서

광주에서 북서쪽으로 30분 정도만 가면 닿는 내 고향 담양군 수북면의 마을마다엔 시방 누군가 꽃들의 폭죽을 마구 쏘아대고 산과 들엔 연두 초록 물감칠을 신명나게 하고 있다. 올봄은 유난히 기온이 높아서 그런지 살구꽃 복사꽃 산수유꽃이 다 지기도 전에 개나리 목련 산벚꽃이 벌써 휘황하고, 유채꽃과 장다리꽃 그리고 소쩍새 울면 피어나는 자운영꽃마저 빈 논마다 꽃방석을 깔고 있는 것이다. 그런가 하면 느티나무는 그 둥그런 연두 초록으로 마을을 품어 안았고 보리밭의 짙푸른 보리들은 벌써 배동을 하기 시작했다. 앞강의 낭랑한 물소리며 또 곤줄박이, 어치, 까치, 오목눈이, 휘파람새 등속의 기름친 목청은 병풍처럼 둘러친 뒷산의 푸르른 반향 탓인지 더 싱그럽게

들리는 듯싶다.

　1년 전 거처를 광주로 옮기고도 매주 이틀 정도는 그곳에 가 지내는데 그럼에도 고향을 떠났다는 의식 때문인지 올봄엔 고향의 풀꽃이나 푸나무서리나 멧새 한 마리에도 자꾸 마음이 사무치고 목울대가 치민다. 하물며 오늘도 그곳에서 먹딸깃빛 얼굴과 활처럼 굽은 등을 하고 창끝창끝 치솟아오르는 마늘밭과 보리밭에 북을 주고, 두엄을 내고, 초벌갈이를 하고, 비닐하우스 재배를 한 딸기와 토마토를 따내는 어머니 아버지들을 보면 그 강인한 생명력 혹은 생활력에 경탄하면서도 서러움이 북받쳐오르고 마는 것이다. 흔히 오늘의 우리의 농촌을 노인당, 빚더미 창고, 유령촌이라고 부르거나 혹은 '골프군 러브호텔면 가든리'라는 자본의 환락문화에 완전히 침식당한 모습으로 보는데 아직도 그 속에서 꽃을 피우고 새를 날리는 자연의 힘과 씨를 뿌리고 사랑을 하는 사람들의 노동은 줄기차게 계속되니 이 얼마나 감탄스럽고 경배할 일인가.

　나는 그곳에서 40년을 살았다. 20대 때 서울에서 3년, 부산에서 1년 반, 그리고 시방 광주에서 1년 여의 생활을 뺀 전 생애를 고향의 토박이로 산 것이다. 그런데 "너나 이곳에서 살았으면 되지 아들 교육마저 텅 빈 시골에서 시킬 참이냐? 나중에 원망 들으면 어쩌려고!" 하는 집안과 주위의 질책으로 광주로 거처를 옮기면서 면사무소에 가 주민등록 이전신청을 냈더니 놀랍게도 내 주민등록엔 한 번도 전출이나 전입사항이 기재되어 있지 않았다. 서울, 부산에 살 때도 그냥 적(籍)은 고향에 두고 몸만 갔었기 때문이었다. 면사무소의 담당직원은 한사코 옮기지 말라는데도 부모가 함께 주민등록을 옮기지 않으면 광주에서 아들의 중학교 입학이 불가능했기 때문에 어쩔 수 없이 전출을 하고 말았다.

칸트. 그렇다. 평생을 고향 쾨니히스베르크 밖으로 나가본 적이 없었으면서도 그가 가졌던 철학정신과 그가 생각해낸 비판적 철학체계는 오늘날 독일뿐 아니라 서양철학이 논의되는 곳이면 전 세계 어디든지 그 영향력을 미치는 칸트는 그 허약한 몸 탓에 고향을 뜨지 못했다는 것이다. 그럼 나는 무엇인가. 나도 어머니 말에 의하면 어릴 적 젓가락같이 가늘게 태어나 오늘까지 내내 골골거리는 병약으로 고생을 한다. 게다가 나는 내 등단작 〈동구밖 집열두 식구〉에 표현된 대로 날품일과 바구니일로 생계를 연명하는 가정의 9남매 중 하나로 태어나 가난까지 평생을 안고 산다. 그 병약과 가난이 결국 나를 고향에 붙박게 했던 것인가.

하지만 사실 나는 20대 후반까지의 고향에서의 삶을 지우개로 지울 수 있다면 빡빡 지워 버리고 싶은 적이 한두 번이 아니었다. 이런 자전적 글을 《아픔을 먹고 자라는 나무》라는 책과 몇 년 전 '시와시학상' 수상 때 등 두 번이나 꽤나 자세히 썼기 때문에 더 길게 얘기를 하지 않기로 한다. 다만 나는 그 참혹한 현실을 잊고자 어려서부터 많은 독서에 빠졌고 그러다 보니 자연히 글쓰는 솜씨도 좀 있었다는 것만 먼저 밝힌다.

초등학교 2학년 때 학교에서 '우리 동네'라는 제목으로 전교생이 글짓기를 했다. 그 중 내 산문이 최우수상을 타는 바람에 각 교실마다 설치된 스피커로 방송이 되고, 선생님이 큰 칭찬을 하고, 상품으로 노트를 20여 권이나 주는 바람에 나는 무척 기뻤다. 그로부터 나는 각종 글짓기 대회에 불려다녔는데 그것은 중학교 때까지 계속되었다. 역시 중학교 2학년 때 광주의 《전남일보》에서 해마다 실시하는 호남예술제에 나가 '새마을 길'이라는 주제의 산문을 써서 대상을 받았던 바, 얼굴과 작품 내용이 신문에 실리고 당시로서는 거금인 5만 원이라는 장학금까지 받고, 학교에선 또 학교의 명예를 높였다고 해서 수업료까지 완전 면제를 해주니 이 얼마나 기쁜 일이던가.

하지만 나는 그때까지 꿈이 은행원이었다. 학교에서 늘 1, 2등을 하고 참담한 가정형편에서도 말 잘 듣는 조용한 소년이다 보니 동네 사람들마다 "너는 커서 돈 많이 버는 은행가가 되어 집안을 일으켜라"는 격려를 해서였다. 그런데 호남예술제 대상을 탄 뒤 웬걸 동급생 하나가 자기 누나가 여고를 다니는데 글을 좋아해서 나의 수상을 축하해 주겠다고 초청을 한다는 것이었다. 그냥 따라갔는데 그야말로 첫눈에 봐도 백합 같던 누나가 당시로선 사먹기도 힘든 빵과 콜라를 준비하고는 "너는 꿈이 소설가라서 참 좋겠다"고 하는 것이 아닌가. 얼굴은 백합빛에다 눈은 머룻빛이던 눈부시도록 이쁜 그 누나가 그러는데 어쩌겠는가. 나는 그날로 나의 꿈을 소설가로 바꾸어 버렸다.

사실 나는 그때까지도 줄기차게 계속되는 굶주림과 아버지의 끝없는 술주정과 그로 인한 어머니의 실성, 그리고 그런 가정을 돌보겠다고 탈영을 해버린 장형(長兄)의 비극, 또 누님들과 누이들의 계속되는 남의집살이와 작은 누님의 실연으로 인한 정신 분열과 죽음, 남동생들의 날이면 날마다 이어지는 밥그릇 싸움과 급기야 아흔일곱 살 잡순 할머니의 자진에 이르기까지 끝 간 데 없이 이어지는 불행한 가정이 싫어 학교에 가면 집에 돌아가지 않고 늦게까지 도서관에 남아 독서에 빠졌다. 그랬는데 거기에 더하여 그 백합 같은 누나가 그때부터 동생을 통해 계속 소설집을 빌려다 주는 바람에 중학교 졸업할 때까지 2년 간 을유문화사판 세계문학전집 등 각종 소설을 읽어 버린 것이다. 미국의 당대 사회소설인 《분노의 포도》와 욕정의 화신인 한 추악한 아버지를 둔 가정의 3형제를 등장시켜 감정, 이성, 신성 등의 인간 본질에 대한 장대한 사색을 펼쳐보인 도스토예프스키의 《카라마조프의 형제들》까지 그때 읽었으니 대단하다면 대단한 독서 경험이다.

그 소설들 속엔 추악하고 잔혹한 현실 속에서도 생의 진정한 가치를 추구하려는 불굴의 주인공들이 있었다. 그들이 혹은 패배를 하고 혹은 해피엔딩을 하는 것과 상관없이 무한한 생과 사상의 자유를 강렬하게 펼쳐보일 때의 그 당당함과 아름다움이란!

■ 비참한 가정환경, 실연, 방황

하지만 나는 더 공부를 할 수가 없었다. 중학교를 수석으로 졸업하고도 도시로 유학갈 돈이 없어 이미 대학진학과는 먼 '똥통'의 농업고등학교를 가는 바람에 1년 만에 그 학교를 뛰쳐나와 서울로 갈 수밖에 없었다. 서울에서 신문사 수금원, 어린이 자전거 공장의 공원, 건축 공사장의 인부, 레스토랑에서의 웨이터 등을 전전하며 낮엔 일하고 밤이면 대입학원에 가는 일을 계속했다. 그런데 나는 어느 날부터 거의 매일 술에 절기 시작했다. 그렇게 싫었던 현실이 그 밑바닥생활을 하며 더욱 싫어졌고, 내 안에선 생의 의미와 구원에의 욕구가 들끓어올라 의식의 중병을 앓고 있었다. 더욱이 고향에서 계속 들려오는 가정의 비참한 소식과 또 그때까지도 틈만 나면 찾아다니는 서점에서의 무분별한 독서가 현실에 대한 심각한 회의와 절대 진리를 향한 욕구를 더욱더 가중시켜, 어느새 내 안에서 세속적 성공의 집념이 되어 버린 대학진학의 꿈을 스스로 무너져 버리게 했다.

그때 여자가 떠나가 버렸다. 사실 내가 서울행을 감행한 것은 초등학교 동창생이었던 한 여자의 도움 때문이었는데 그토록 오만하고 콧대 높던, 그러나 내게는 그토록 헌신적이고 열정적이던 여자가 대학진학을 포기해 버리고 술과 니힐리즘과 독서와 소설 습작만으로 나날을 보내는 내게 절망을 해버렸던 것이다. 추악한 세상에서도 사랑의 광휘가 존재하고 그 사랑만 있으면 세상을 뜨겁고 신비롭게 살아갈 수 있으리라는 일말의 믿음을 주었던 여자가 떠나 버렸으니 이제 세상은 나와 상관없는 것이 되어 버렸다. 그러니 그땐 이미 키에르 케고르도 칼 야스퍼스도 니체도 사르트르도 헛것이었다. 프루스트의 《잃어버린 시간을 찾아서》와 솔 벨로의 《오기 마치의 모험》도, 김승옥의 〈서울,

1964년 겨울)과 김성동의 《만다라》도 내게 더는 큰 의미가 되지 못했다.

결국 나는 3년 여의 서울생활을 청산하고 43kg의 해골만 남은 몸으로 여러 절들을 찾아다니고, 또 고향에 돌아와선 앞의 백합 같은 누나의 권고로 중학교 때부터 다니던 교회에 다시 나가며 구약을 십 독하고 신약을 삼 독하고 칼빈의 《신구약 주석》, 니이버의 《기독교 사상사》, 채필근의 《철학과 종교의 대화》를 읽는가 하면, 깊은 산 기도원을 찾아 그 약한 몸으로 일주일씩 금식을 하며 땅을 치는 기도로 절대구원을 부르짖었지만, 방위 근무 때의 사소한 실수로 한 달 간 군영창엘 가는 바람에 신학교 가는 길도 허사가 되어 버렸다. 그 교회 언어로는 한마디로 난 영원히 구원받을 수 없는 사탄의 종자였던 셈이다.

그러니까 나는 20대 후반까지만 해도 인생의 숙명적 부조리와 대결하는 비극주의자일 뿐이었던 것이다. 내게 있어 항상 인간은 그 부조리를 짊어진 가엾은 존재이며, 인생이란 그런 인간들의 삶의 영위나 진지한 꿈이 한결같이 그 무엇인가에 의해 차례차례 파괴되어가는 과정이기도 했다. 한마디로 "생을 제공해 주면서 끝내는 부정해 버리는" 어느 가혹한 자가 펼치는 인생극장 속에서 "모든 웃음은 오해에서 생긴다. 똑바로 응시할 때 이 세상에 웃을 일이란 없다"고 토로할 정도로 극도의 비관을 갖게 될 뿐이던 것이 인간이었다.

물론 이것은 19세기 영국문학의 거장 토마스 하디가 그의 만년의 소설 《비운(悲運)의 주드》에서 주인공 주드를 통해 갈파해 보인 사상이다. 그 주드는 바로 불운의 성운과 싸워 패하고만 생의 최대의 실망을 겪은 자였는데, 그는 먼저 온갖 노력의 독학 끝에 이루려 한 대학입학의 희망이 꺾이고, 둘째로는 승직에 오르려는 희망도 꺾이고, 끝으로는 애정 속에서 살아 보려 한 희망마저도 당대 사회의 질곡과 결혼의 법도 때문에 유린당해 버린 자이다. 결국 그 견디기 어려운 고뇌와 고독은 그가 병석에 홀로 누워서 멀리 대학축제의 환호소리를 들으며 마지막으로 해대는 모놀로그에 잘 나타나 있다. 그건 다름아니라 구약성서의 불우한 인간 욥이 해댄 말로 "내가 태어난 날을 멸하게 하라. 남자아이가 태에 들어섰다고 남들이 말하는 그 밤도 멸하여 없어져라"는 것이었다.

이렇게 생을 제공해 주곤 끝내는 부정해 버리는 그 어떤 몹쓸 존재를 여주인공 슈우는 가공할 우주라고 하였는데 이를 달리 말하면 우주에 내재해 있으면서 세계 속의 모든 삶을 죽음으로 이끌어 버리는 어떤 운명자인 것이다. 그런데 이런 주드의 삶이 바로 내 20대 후반까지의 삶의 모델이 되어 버린 것이다.

하디의 비운의 주인공 주드는 여기쯤에서 자기 생일까지를 부정하고 생을 마감해 버린다. 하지만 나에겐 그래도 구원이 있었다. 그 구원의 매개체는 역시 먼저 책이었고 다음은 누이동생이다. 1982년 한국신학연구소 간행으로 나온 《민중과 한국신학》에서 나는 "죽음의 문제보다 죽임의 문제를 생각하라"라는 요지의 구절을 읽었다. 나는 그 구절을 읽자마자 전율에 떨었다. 그 구절과 그 책의 논문

들은 그때까지의 내 사고의 틀을 완전히 뒤바꿔 버렸는데, 아마 이런 걸 코페르니쿠스적 전회라고 하는 모양이다. 요는 그때까지 나의 모든 실제는 가난이라는 사회적 죽임 속에서 출발했음에도 불구하고 그것을 회피하고 구원과 연관되는 존재론적 죽음 쪽으로만 온 정열을 쏟았었다는 자각이 엄습하며 나와 내 가정의 비참의 원인을 직시하기 시작했던 것이다. 자연히 모든 독서도 고범서의 《개인윤리와 사회윤리》, 이영희의 《우상과 이성》, 찰스 앤더슨의 《새로운 사회학》 그리고 《전태일평전》 등의 사회적 의미를 도모하는 책으로 옮겨지며 진리의 새로운 개안을 한 셈이다.

■ 시와 삶의 일치를 이루었던 행복한 시절

다음으로 그때 더욱더 삶을 직시하게 해준 것은 때마침 막내 여동생이 마련한 눈물겨운 감동 스토리다. 앞에서도 잠깐 언급했지만 내 누이들은 대개 의무교육도 못 마치고 걸레질 할 줄만 알게 되면 곧바로 남의집살이를 갔었는데, 그 중 열두 살 나이로 부산으로 떠난 막내 여동생이 그 객지생활 10여 년 끝에 꼭꼭 모은 돈 500만 원을 가지고 설날 아침 새벽기차로 급히 돌아와선 못난 부모 앞에 내놓으며 논 사서 사시라고, 꼭 한번 잘살아 보시라고 울먹이는 광경을 보아 버린 것이다. 그 어린 것이 머리는 야물어서 주인이 식모일은 안 시키고 양장일을 가르쳐 이미 그땐 재단사가 되어 있었으니 하느님은 끝내 머리 가진 자의 편이 아니라 손발을 가진 자의 편이던 것이다.

나는 그뒤 방위 근무를 끝내고 곧바로 부산의 그 여동생에게로 갔다. 내가 그토록 방황하면서도 줄기차게 써댔던 그 많은 소설 원고를 팽개쳐 버리고 일자리를 찾아보자 해서였다. 그리고 거기에서 1년 반. 고등학교 중퇴자인 내겐 역시 공사판이나 외판원 외엔 아무 할일이 없었다. 그때도 몸이 워낙 약해서 힘든 노동을 할 수가 없었다. 계속 여동생의 밥이나 축내고 있었는데, 그것도 뭣하면 광안리 해변에 나가 앉아 있거나 서면의 '영광도서'라는 서점에 아침부터 출근하여 책을 읽어대는 일만은 계속하였다.

그러던 중 지금은 제목이 기억나지 않은 어떤 시집 두 권을 읽게 되었는데, 그 시집들은 그때까지 줄곧 시라는 것은 모를 소리만 적는 것으로 여겨 거들떠보지도 않던 내게 삶의 진한 얘기로 꽤 감동을 주었다. 집에 돌아와서 그 감동이 채 가시기 전 일주일 만에 스무 편의 시를 써서 순전히 무지에서 나온 언감생심으로 《실천문학》에 투고했는데 얼마 안 있어 신인 당선을 시키겠다는 연락이 왔다. 1984년이었다.

나는 그렇게 시인의 이름을 걸었다. 그리고 더는 나를 받아 주지 않는 짧은 도회생활을 청산하고 다시 고향으로 돌아왔다. 1985년부터 1995년까지 10년 간 나는 고향에서 예의 여동생이 사준 논과 정부융자를 받아 산 논, 그리고 임대논까지 합쳐 내 힘닿는 데까지 농사를 지으며 시를 쓰고, 시를 쓰며 농민운동을 했다. 나는 내 일한 만큼 쓰고, 쓴 만큼 농민운동으로 사회적 실천을 했다. 어쩌면 시와 삶의 일치를 이루었던 내 생의 가장 행복했던 시절이었다. 그 결과 '한국의 농촌·농민시의 대명사'로 몇몇에게 일컬음을 받을 만큼의 성과를 거둔 네 권의 농민시를 썼다. 《바람부는 솔숲에 사랑은 머물고》《새벽 들》《사람의 등불》《날랜 사랑》 등이 그것이다. 물론 그 농민시가 농민만이 아닌 인간의 보편적 애환까지 담아내지 않았다면 나는 이미 실패했을 것이다.

또한 농사를 통해서 사람이 깨닫게 되는 것 중의 매우 중요한 것이 하나 있는데 그것은 우주의식인 바, 그걸 깨닫지 않았더라면 술 마실 친구 하나 없는 고향에서 계속 견딜 수 있었을까. 엘리아데는 "곡식을 취급하면서 인간이 배운 것, 씨앗이 땅 속에서 변하는 것을 보고 인간이 배운 것은 인간의 삶에 결정적인 교훈을 주었다.—농경적 삶이 보여 주는 낙관주의의 주요한 근거 가운데 하나는 씨앗이 지하에서 그런 것처럼 죽은 자들이 지상에서와는 다른 형태로 회생할 수 있다는 전역사적, 농경적 신념에 있다"라고 하였다. 그 자체로는 죽음밖에 아무것도 아닐 수 있는 씨앗 하나가 땅속에 묻혀서 싹을 틔우고 꽃을 피우고 다시 열매를 맺는 것처럼, 우리 인간도 삶의 농업적 경영을 통해서 죽음이라는 한계 상황을 극복하고 우주 속에서 그 어떤 다른 형태로 다시 태어날 수 있다는 신념, 혹은 겨울의 동토 속에서도 봄의 씨앗들이 새싹을 틔우는 그 구원과 소생의 힘을 자기들의 삶에 적절하게 적용시키는 법, 곧 우주와 생명의 법을 터득하는 농사꾼들을 발견했기 때문에 나는 그 텅 빈 농촌 속에서 계속 존재했는지도 모른다.

그런데 그 성과와는 반대로 나는 힘든 일 탓에 간염과 당뇨라는 병을 얻었고 또한 힘든 노동이 경제적 가치로 환산되지 못하는 탓에 꽤 많은 부채를 안고 결국 농사를 포기해야 했다. 나는 완전히 탈진했다. 더욱이 그때 사회는 동구 사회주의권의 몰락으로 거대담론이 사라진 채 문단마저도 포스트 뭐니 하는 얘기로 지리멸렬한 상태였다.

■ 괴로웠던 20대까지의 내 삶이, 생을 다시 추동시키는 무기

그러나 나는 절망하지 않았다. 그토록 지워 버리고 싶었던 20대까지의 내 삶이 오히려 생을 다시 추동시키는 무기가 되어 주었다. '그렇게 힘들게도 살았는데 이쯤이야 못 이겨낼까' 하는 생각이었다. 나는 내공을 길러야 한다는 것을 알았다. 그러면서 안을 들여다보니 역시 내 안에 오롯이 존재하는 건 삶을 향한 치열한 생명력이었고 그 생명력은 아스팔트를 뚫고 나오는 내 고향 담양의 죽순처럼 모든 만물에 해당되는 것이었다. 게다가 '이 땅의 어딘들 슬픔 아니랴, 그렇다면 이 땅의 어딘들 또한 기쁨 아니랴'는 삶의 지극한 동양적 순명에 대한 직관이 더해지니 세상은 다시 아름다워지기 시작했다. 그로부터 노래가 터져나오기 시작했다. 세상의 모든 숨탄것들의 생명의 노래가 들리기 시작했다. 아울러 속울음 삼킨 인간의 사랑과 정한도 가락으로 바뀌기 시작했다. 그 결과물이 최근의 다섯번째 시집 《앞강도 야위는 이 그리움》과 여섯번째 시집 《그때 휘파람새가 울었다》였다.

자전적인 글만큼은 비유나 우회를 피하고 정공법을 택하려고 한 이 글이 새삼 부끄럽다. 그럼에도 18년의 문단생활에 시집 여섯 권에 산문집 두 권. 앞으로도 이만큼만 더

쓰고 싶다. 나는 또 슬픔과 기쁨과 원한과 그리움의 고향
으로 다시 돌아가리라.

수줍음과 천진함 지닌 불혹의 소년

—시 속 '오기'가 인간에 대한 신뢰감으로 확장

나는 그의 참모습이 수줍어하는 표정에서 가장 잘 나타난다고 생각한다. 이럴 때 수줍음과 천진함은 같은 성격을 띤다. 천진함이란 그야말로 대상에 대한 선입견 없이 그 자체로 받아들이는 것에서 온다. 자신을 감출 수 없기에 반응 역시 즉각적일 수밖에 없다. 불혹이 넘은 나이에도 조그만 칭찬이나 농담에도 계면쩍어하는 것은 바로 이런 연유가 아닌가?

신 덕 룡(문학평론가 · 광주대 교수)

1. 천진한 햇발

식목일이었다. 저녁 8시쯤에 문학평론을 하는 이경호 형이 전화를 했다. 광주에 왔는데 술 한잔 같이 하자는 것이었다. 하루 종일 나무를 심었던 터라 몹시 피곤했지만, 서둘러 밖에 나갈 준비를 했다. 오랜만의 만남이었고 또 고재종 시인을 축하하는 자리라고 하니 마다할 이유가 없었다. 도착하니 두 사람 외에 이지엽, 김미승 시인이 같이 자리해 있었다. 굳이 그날 모임의 의미를 따지자면, 고재종 시인의 소월시문학상 대상 수상과 이지엽 시인의 두번째 시집 발간을 축하하는 자리였다.

술이 몇 순배 돌면서 자연스럽게 이지엽의 시에 대한 이야기가 나왔고, 그 중 〈淸酌〉이란 작품이 화제에 올랐다. 이 작품은 부제를 '고재종'으로 달고 있듯, 한 시인이 다

른 시인에게 주는 헌시였다. 친구 사이에 시를 주고받는
일은 참으로 부러운 일이었다. 문득 심술기가 발동한 나는
정색을 하고 이 작품의 마지막 한 행이 자연스럽지 못하
다, 특히 수식어가 적절하지 않아 시가 전체적으로 균형을
잃었다고 했다. 시를 쓴 사람과 대상이 된 사람 면전에서
혹평을 한 셈이다. 순간 긴장이 흘렀다. 그 시로 하여 기
분이 좋았던 고재종과 다른 사람들은 눈을 크게 뜨고 나를
쳐다보고 있었고, 사람 좋은 이지엽은 얼굴을 잔뜩 찌푸리
면서 자신의 시를 반복해서 읽었다. 그러면서 혹시 고재종
에게 뭔가 잘못한 게 아닌가 하는 표정으로 고개를 갸웃거
리고 있었다. 잠시 뒤 이지엽의 손에서 시집을 낚아채 문
제의 시를 읽던 고재종이 흐흐흐흐…… 저 혼자 웃었다.
순간, 이지엽 역시 뭔가 짓궂은 장난에 자신이 말려들었다
는 것을 깨달았지만 아직도 상황 파악이 되지 않은 듯 어
리둥절한 표정이었다. 결국 우리는 한참 동안 그를 골려먹
으며 즐거울 수 있었다.

　고백하건데, 〈清酌〉은 고재종 시인을 너무나도 잘 그려
놓은 것이었다. 시인의 직관이란 대단한 것임을 새삼 느끼
게 하는 작품이다. 혼자 읽기 아쉬워 소개한다.

　　양 입술 볼 끝으로 밀어내는 오기와

　　눈두덩 푹 패인 사랑과

　　붉은 황토 한 덩이의 눈물이 만나서

얼크렁 파란 불 켜고

쇠스랑과 삽날 찍어 덤벼들듯 하다가도

미루나무 잎잎 솨르솨르 쏟는, 눈웃음짓

스러져 자꾸 딸국질해대며
3월에서 五月로 마구마구 몰키어가는

저 천진한 햇발 좀 봐라

　　　　　　　　　　　　—〈淸酌-高在鍾〉 전문

　그가 왜 웃었는지는 모르겠다. 아마, "천진한 햇발"이란
표현이 너무 맘에 들었는데 따지고 보니 자신이 그리 천진
하지 않다고 생각했을지도 모를 일이다. 아니면 순간 공범
자가 되어 이지엽을 골려먹으려고 장난기가 발동했을지도
모를 일. 여하튼 이 시에서 보여 주는 오기와 사랑과 눈물
이 뒤범벅된 천진함은 고재종의 성격과 됨됨이를 너무나도
선명하게 보여 주고 있다. 특히 뭔가 집요하게 따지고 들
다가 상대방이 난감한 표정을 지으면, 갑자기 장난기가 발
동해 어린애로 돌아가는 그의 모습 그대로다.

2. 사랑과 눈물과 오기

　'95년 봄이었다. 고재종 시인과 《시와사람》 발행인인 강
경호 시인이 학교로 찾아왔다. 새로운 잡지를 만들자고 했

다. 광주에서 뭔가 뜻있는 일을 해보자는 것이었다. 광주가 예향(藝鄉)이라고 하지만 시 전문지 하나 없는 불모지 아니냐? 많은 시인들이 있다고는 하지만 80년대 중반 이후 신인들이 몇 명이나 나왔는가? 하나같이 옳은 말이었다. 계획도 구체적이었다. 강경호 시인이 2년 동안 제작비와 원고료를 대고, 2년 후에는 나름대로 자생력을 키워 편집진이 원고료를 해결하자는 계획이었다. 그때 나는 고재종과 함께라면 하겠다. 이런 계획이 성공하려면 무엇보다도 같이 참여하는 사람들의 인적 구성이 중요하다고 했다. 그래서 우리 세 사람은 발간 준비를 위해 몇몇 선배 시인들을 만나 도움을 청했다. 그들은 하나같이 불가능하다는 논리를 폈고 한참 듣다 보면 자신이 주도적인 역할을 해야 한다는 것이었다. 도움을 청하러 갔는데 협조는커녕 내가 아니면 안 된다는 연설을 듣는 자리였으니 난감한 일이었다. 어느 누구도 선뜻 힘을 보태겠다는 사람은 없었다. 나는 지금도 어색했던 자리에서 보았던 그의 표정이 선명하게 떠오른다. 기분이 상할 때마다 양입술을 삐죽 내밀었다 오므렸다 하면서, 눈에 힘을 주던 모습이다. 말도 안 되는 소리라고 생각할 때 상대방의 눈을 똑바로 쳐다보며 그가 짓는 특유의 표정이다. 나는 이런 표정이 지닌 독특한 매력—오기에 끌려 그와 우정을 나누고 있고, 《시와사람》에 닥친 온갖 어려움을 함께 이겨낼 수 있었다고 생각한다. 한마디로 나는 그의 시에서 보았던 '오기'를 인간에 대한 신뢰감으로 확장시켜 오늘까지 소중하게 간직하고 있는 셈이다.

과거, 나에게 신뢰감을 주었던 시편 중 하나를 소개한다.

칠팔월 복더위 속 들판에 나가
늘상 우북해지는 논두렁풀을 베다보면
세상에 절로 터진 입 다물어지는 이유를
차마 떨리는 낫끝으로 깨닫게 된다.
불볕 불볕 불볕은 쏟아지고
농약내 섞인 열기는 사위에서 훅훅거리고
누우런 비지땀은 전신을 타고 흘러내려
숨이 막히는 숨이 막히는 백주의 들판,
칠팔월 폭염 속에서 무엇보다도
우리 농사꾼 내일없는 마음으로
이 들판 살길 막막한 일상의 풀을 베다보면
이제 더이상 너희들 지껄이는 온갖 사설은
심지언 실천 어쩌고 하는 말들까지도
이제 더는 그만두고 침묵해야 한다는 걸
차마 떨리는 낫끝으로 외치고도 싶어진다.
그래도 어디 먼데서부터 불어와
수많은 볏잎들의 푸르름을
반란의 창끝 같은 소리죽인 함성으로 깨어놓고
우리 불덩이 같은 몸을 감아오는 싱싱한 숨결
맑은 바람자락 있어 서늘함 있어
한번 더 참아보는 이 시퍼런 낫끝에
아흐 이렇듯 새하얗게 까무러치는
불볕 불볕 불볕 그리고 우리의 핏발선 눈빛.
—〈논두렁풀을 베며-농사일지 18〉 전문

이 시에서 내가 느꼈던 것은 '노여움'이었다. 턱턱 숨이 막히는 불볕 더위 아래 힘드는 노동, 사회적 억압과 수탈 속에서 참고 인내하는 농군의 삶은 섬뜩하기조차 했다. 농민의 고양된 사회의식이 응축되고 내면화되면서 얻어진 노여움의 모습이다. 이런 상황에서 화자의 낫질은 단순히 풀을 베는 행위가 아니었다. 오히려 삶을 위협하는 현실과 자신의 내부에 쌓여가는 모든 슬픔과 설움, 절망을 베어내는 일이다. 중요한 것은 그의 노여움이 밖으로 폭발하는 외침이 아닌 안으로 응축된 것이란 사실이다. "시퍼런 낫끝"과 "핏발선 눈빛"이 보여 주는 분노는 "볏잎들의 푸르름"과 "맑은 바람자락"의 싱싱한 숨결이 닿으면서 안으로 녹아들기 때문이다. "한번 더 참아보는" 이유다. 이 시에서 보이는 대조적 이미지는 그 노여움을 극화시키면서 그 노여움이 단지 힘든 노동에서 오는 것이기보다 고통스런 삶에 대한 인식에서 오는 것임을 알려 준다. "불볕 불볕 불볕"으로 강조되는 삶의 고통은 참고 버티는 이의 참담한 노력으로 확대되는 것이다.

고통을 참아내는 것은 한마디로 오기다. 오기란 힘이 모자라지만 결코 굴하지 않겠다는 약자의 자존심이다. 시적 상황으로 보자면 남들이 별거 아니라고 여기는 농사일을 하고 있지만, 우리네 보편적 삶의 모습으로 옮겨놓고 있는 것이다. 따라서 남들이 쓰는 농촌을 소재로 한 시가 아니다. 그 속에 살면서 자신의 삶을 옥죄는 부당한 사회현실과 이에 맞서 어설프게 외쳐대는 사람들에 대한 분노를 동시에 문제 삼는 것이다. 왜냐하면, 농민이 아닌 그들이 절박한 삶을 알지 못한다고 생각하기 때문이다. 그렇다면, "불덩이 같은" 그의 이런 오기는 어디서 오는 것일까? 아니, 자신의 삶을 버티게 하는 것은 무엇인가? 한마디로 말한다면 '사랑'이다. 그가 보내는 사랑의 눈길은 "그슬린 논두렁의 노란 풀싹을 더듬는 바람결"(《개구리는 또 울고》), "밤으로 몰래 몰래 뒤척이며 한 자씩이나" 자라는 벼(《밤들에 서면》), "몇 장의 작은 잎으로 땅에 찰싹 붙어" 모진 겨울을 이기는 봄나물(《첫 봄나물》), "세찬 여울물 차고 오르는 은피리떼"(《날랜 사랑》) 같은 순하고 여린 것들에 닿아 있으며 "쑥국새 울음"(《들길에서 마을로》)까지 가슴에 안는다. 자신을 구성하는 모든 것들에게서 그는 살아갈 이유와 그 이유가 올바른 것임을 온몸으로 깨닫는 것이다. 이런 자연의 면면들이 그에게 분노를 이기고 부당함에 의연하게 맞서도록 하는 것이다. 그를 둘러싼 작고 순하고 여린 것들은 세상의 온갖 소음에도 아랑곳하지 않고 제 스스로 성장하며 또 생명을 실현하고 있다. 그 생명의 힘이 시의 원천이요 또 세상에 맞서 오기를 부릴 수 있게 하는 버팀목이었던 셈이다.

그의 오기가 시 속에서 생활로 튀어나오는 경우도 종종 있다. 대개 두 가지 상황인데 그 중 하나는 알은체하는 사람과 만났을 때다. 이럴 때 그는 가장 솔직해진다. 우선 예의 볼이 입술을 밀고나오는 표정 그리고 더 이상 참지 못하겠다고 던지는 "난 가방끈이 짧지만……"이란 서두다. 이렇게 되면 한바탕 회오리바람이 부는데, 여기엔 나름의 이유가 있다. 그와 관계된 이런저런 일로 그의 이력

서를 볼 기회가 있었는데, 학력은 아예 쓰지 않았다. 시인이 시를 열심히 썼다면 되는 것이지 그외에 무엇이 필요하냐는 것이다. 백 번 옳은 얘기다. 사실, 내가 아는 바로는 그가 고등학교를 중퇴했다는 것이 학력의 전부다. 중학교까지는 담양에서 내로라할 수재였으나, 가난 때문에 공부를 할 수 없었던 것이다. 그래서 그의 내면 깊숙한 곳에 학력과 관련한 열등감도 있다. 그러나 '가방끈이 짧다'는 그의 입에서 나오는 말과 생각은 나같이 어설픈 문학교수 찜쪄먹을 정도다. 동시대의 시인들의 시나 시인, 평론가는 물론 노자, 장자, 석가모니, 루카치, 푸코, 바슐라르… 동·서양을 넘나든다. 문제는 그가 하는 말의 대부분이 정곡을 찌르고 있다는 것이다. 그의 서재에 가지런히 꽂혀 있는 양서들이 결코 장식용이 아님을 아는 사람은 다 알고 있는 터. 그는 순전히 제도권에 당당히 맞서겠다는 자존심으로 그 많은 독서를 해왔던 것이다.

또 하나는 이른바 90년대 중반부터 우리 시단에 등장한 생태시 또는 생명시란 화두에 잘 적응(?)했다는 식의 말이다. 이를테면, 농촌시를 쓰다 새로운 화두가 등장하자 자연스럽게 몸을 틀었다는 이야기인데 그는 이런 말을 가장 싫어한다. 이 말을 들으면, 처음에는 눈살을 찌푸리다 연거푸 술이 들어간다. 앞서 했던 말을 잊고 다른 화제에 열중해 있을 쯤 되면, 이지엽의 말마따나 그는 "쇠스랑과 삽날 찍어 덤벼들듯" 반박한다. 무심코 말을 꺼냈던 사람은 그야말로 당황할 수 밖에……. 한마디로 자신을 모욕하는 말로 받아들이는 것이다. 이것도 너무나 당연한 반응이다. 어설프게 아는 사람들은 그를 가리켜 농촌시인이라고 말한다. 그리고 그의 시는 80년대에 실효성이 있었는데, 시류를 잘 타 지금도 화두의 중심을 잡고 있다고 오해하기도 한다. 천부당만부당한 말이다. 이런 생각은 그의 시를 제대로 보지 못했거나 아니면, 그를 시샘해서 하는 것이라는 게 나의 솔직한 생각이다. 이유는 간단하다. 그가 의식했건 그렇지 않았건, 그는 '84년 데뷔 이후 지금까지 줄곧 '생명'이란 화두를 붙잡고 있었기 때문이다. 정효구가 고재종이 낸 다섯 권의 시집을 중심으로 공들여 쓴 글을 읽어 보자.

고재종 시에 나타난 자연의 모습은 현실감, 현장감, 구체성을 갖고 있었으며, 아주 다채로운 양상을 띠고 있었다. 특히 농삿일이라고 하는 것이 농사짓는 사람조차도 자연에 가까운 존재가 되어 살지 않으면 안 되고, 또 농삿일을 하면 살아가는 곳이 처음부터 끝까지 자연으로 이루어져 있기 때문에, 그의 시에서 자연은 사는 일 전체와 맞닿아 있는 것이었다. 그야말로 자연 속에 그와 그의 삶이 있고, 그의 삶 속에 자연과 자연의 삶이 있는 셈이었다.
　　　―〈고재종 시의 자연〉(《한국현대시와 자연탐구》)에서

적절한 지적이 아닐 수 없다. 자연에서 살아가는 사람만이 쓸 수 있는 살아 있는 자연의 모습을 그는 시로 써왔던 것이다. 그리고 그의 시는 세계를 향한 분노가 아니라 세계의 부당한 횡포에 맞서 굴하지 않고 당당하게 맞서 온 기록이다. 그가 당당할 수 있었던 것은 누구보다 가까이서

세심하게 자연의 생생력을 발견할 수 있었고 또 그것을 자신의 것으로 만들었다는 데 있다. 그의 시가 지닌 힘은 우주의 온갖 만물이 만들어내는 생명력에서 온다. 자연은 분노를 안으로 끌어들이는 포용력과 함께 생명을 통해 이를 발산하게 하는 존재이기 때문이다. 이와 더불어 살아간다는 믿음이 현실의 고통과 좌절 속에서도 희망과 그리움을 지켜 왔던 삶의 이유이기도 하다. 그는 생명에 대한 끊임없는 애정과 신뢰 그리고 그것을 교사로 삼아 자신의 삶을 일궈 왔다. 이렇게 보자면, 그는 데뷔 이후 최근까지 외롭게 농촌에 살면서 아무도 눈돌리지 않았던 생명에 대한 믿음과 사랑을 노래했던 것이다. 그리고 그 믿음과 사랑엔 "온 몸이 상처투성이인 저 나무/제 상처마다에서 뽑아내던"(〈綿綿함에 대하여〉) 푸르른 울음이 짙게 배어 있는 것이기도 하다.

3. 千年木에 새기는 사랑

그는 요즘 농촌에 살고 있지 않다. 부인의 직장과 아들 우석이의 교육 문제로 광주에 살고 있다. 40이 넘어서 도시 한복판으로 들어왔으니 전라도 말로 살기 폭폭하지 않을 수 없었던 듯하다. IMF 덕택에 그나마 요긴하게 쓰던 원고료 수입도 줄고……. 그래서였을까. 한동안 술을 찾더니 그 여파로 지병인 당뇨가 악화되었다. 지난해엔 곁에서 보기 안쓰러울 정도로 바싹 말랐다. 그러더니 어느 때부터는 좋아하던 술도 끊고 운동을 하면서 건강을 회복하려 노력하고 있었다. 시에서도 변화의 기미가 보였다. 구체적인 삶의 모습이 많이 가셔져 있었고 호흡도 짧아져 있었다. 그 대신 삶 자체에 대한 열정과 첨어를 살리고 가락을 붙여 과거와는 다른 묘한 매력을 풍겨내고 있었다. 그의 시가 겉모습에서부터 뭔가 변하고 있다라는 생각이 들 즈음, 《시안》에 〈聯臂〉란 작품이 발표되었다. 그 작품을 읽으면서 나는 무릎을 치지 않을 수 없었다. 절창이었다. 무엇보다도 여기엔 '사랑' 그 자체에 대한 '잉걸불' 같은 열정과 신비가 살아 꿈틀대고 있었기 때문이다.

이 선홍 장미로 즙을 내리
장미 가시론 바늘을 삼으리

아, 저쪽에선 번개칼이라도 달궈야 할라나

하면 그대는
水蜜桃 같은 젖가슴 언저리거나
백설기빛 허벅지 속살이겠는지

시방은 우르르 꽝, 우레도 한번 넘은 뒤라면

이윽고 한 땀 한 땀 장미송이든지
한 톨 한 톨 正金의 말씀이든지를

차마 거기,
차마 거기,

차마 그렇게 서러워선 못 새길래나

그대의 잉걸불 같은 밀어들만
뿌지지 뿌지지, 내게 火因 되어 찍힐래나

그런 그날 밤, 저쪽에서는
어디 千年木 한 그루쯤은 새까맣게 지지는

그런 그날 밤은
어쩌를 하리, 장대 장대 장대비!

—〈聯臂〉전문

  우리 몇몇은 이 시를 보고 그에게 요즘 연애하느냐고 놀
렸다. 그는 얼굴을 빨갛게 물들이며 어쩔 줄을 몰라했다.
뭔가 나쁜 짓을 하다 들킨 소년의 표정이었다. 그 천진한
모습이라니……. 나는 그의 참모습이 수줍어하는 표정에
서 가장 잘 나타난다고 생각한다. 이럴 때 수줍음과 천진
함은 같은 성격을 띤다. 천진함이란 그야말로 대상에 대한
선입견 없이 그 자체로 받아들이는 것에서 온다. 자신을
감출 수 없기에 반응 역시 즉각적일 수밖에 없다. 불혹이
넘은 나이에도 조그만 칭찬이나 농담에도 계면쩍어하는 것
은 바로 이런 연유가 아닌가? 아울러 건강을 핑계로 술을
좀 사양할 줄 아는 뻔뻔함도 기르면서 또 한편 그의 시가
더욱 활짝 피어나기를 빈다.

가장 원시적인 것이 가장 미래적이다
—흙의 토대 위에서 자연과 우주로 시야를 확대

나는 그의 시가 땀방울 같은 것, 눈물 같은 것이 되기를 희구한다. 땀방울과 눈물 속에는 진정의 힘으로 사람을 감동시킬 수 있는 능력이 내장돼 있다. 그런 점에서 땀방울과 눈물 같은 몸의 언어야말로 그 어떤 언어보다도 원시적이지만 가장 미래적인 언어라고 나는 믿는다.

정 효 구 (문학평론가 · 충북대 교수)

고재종의 작품세계에 대하여 나는 이미 긴 글을 두 차례나 썼다. 그 하나는 〈흙, 생명, 밥, 노동; 고재종론〉이고, 다른 하나는 〈고재종 시의 자연〉이다.

이 두 글이 씌어진 이후 고재종은 최근에 '그때 휘파람새가 울었다' 라는 제목의 시집을 한 권 더 출간하였다. 이 시집은 그의 제5시집이라고 할 수 있는 《앞강도 야위는 그리움》에서부터 보여 주기 시작한 그의 변화상을 본격적으로 드러낸 시집이지만 이 변화를 감안한다 하더라도 그가 첫 시집 《바람부는 솔숲에 사랑은 머물고》부터 지금까지 일관되게 담아내고 있는 것이 기본적으로 '가장 원시적인 것은 가장 미래적이다' 라는 믿음임에는 변함이 없다.

가장 원시적인 것이 가장 미래적이라니? 이 역설을 어떻게 이해할 것인가? 나는 이 말과 더불어 가장 오래된 것이 가장 새로운 것이라는 역설적 언술을 하나 더 첨언하고 싶은 마음이다.

1. 흙의 소리

고재종의 시는 흙을 토대로 삼고, 그 위에 서 있다. 아니 흙으로 빚어진 시이다. 여기서 흙은 단순한 물질로서의 흙일 수도 있지만 인간의 생존적 토대를 이루는 농토로서의 흙이라는 의미를 더 강력하게 담고 있다.

이런 고재종의 시는 이른바 '흙의 소리'를 받아적은 것이다. 아니 흙과 나눈 대화를 받아적은 문장이다. 아니 흙으로 하여금 말하게 한 시이다. 그만큼 그는 수없는 방황 끝에 '흙'을 만났고 그 흙을 통하여 시를 창조해낼 수 있었던 시인이다.

사실 약간의 자의식이 있는 사람이라면 그가 누구든지간에 우리 모두는 끝없는 방황의 시간을 거쳐 내 생을 바칠 어떤 것, 아니 내 생을 구원해 줄 어떤 것, 아니 내 생이 요구되는 어떤 것을 만나고자 한다. 예를 들면 어떤 이는 인공의 물건을 만나고자 하고, 어떤 이는 무거운 관념의 세계를 만나고자 하고, 어떤 이는 상품이 떠도는 시장을 만나고자 하고, 어떤 이는 다스릴 사람들을 만나고자 한다.

그렇다면 고재종이 만나고자 한 '흙'은 어떤 의미를 담고 있는 것인가? 고재종의 첫 시집 《바람부는 솔숲에 사랑은 머물고》가 출간된 1987년 무렵에는 물론, 이보다 먼저 그가 《시여 무기여》에 작품을 실으며 등단하기 시작한 1984년 무렵쯤에는 이미 고재종이 만나고자 하는 흙의 세계야말로 이미 너무나도 후진적인 것, 변방으로 밀려난 것, 손에 묻혀서는 안 되는 것 등으로 억압되고 소외되고 오염시되고 있었다. 그것은 한마디로 농업적 세계관이 도시적 세계관의 엄청난 세력 앞에서 잊혀진 과거의 시간 속으로 밀려들어가는 모습이었다.

모든 사람들이 새롭고 세련된(?) 도시적 세계관과 근대적 세계관으로 단단하게 무장하고 그것을 우월한 마음으로 즐기고자 한 그 시대에 고재종은 무엇 하러 버려지고 오염시된 흙의 세계를 찾아 떠났던 것일까? 그리고 그 세계를 소리 높여 이 땅에 전해야 했던 것일까?

나는 다시 한마디로 말하건대 그것은 고재종의 마음속에 '가장 원시적인 것이 가장 미래적이다'라는 믿음이 존재했기 때문이라고 본다.

이런 흙은 고재종의 시에서 흙의 생명학, 흙의 인간학, 흙의 사회학, 흙의 경제학, 흙의 심리학, 흙의 윤리학, 흙의 정치학, 흙의 우주학 등이라고 부를 수 있는 다양한 함의를 띠고 나타난다. 흙이 그에게 생명학적 의미를 띨 때, 흙은 하나의 생생한 생명으로 살아 꿈틀댄다. 흙이 그에게 인간학적 의미를 가질 때, 흙은 그에게 인간을 존속하게 하는 원천으로 나타난다. 흙이 그에게 사회학적 의미를 갖고 다가올 때, 흙은 그에게 사회형성의 가능성과 사회적 모순을 내재시킨 사회적 산물로 나타난다. 흙이 그에게 경제학적 의미를 던져줄 때, 흙은 이 세계의 경제활동을 가능하게 하는 원천이자 경제적 모순을 내장시킨 존재로 나타난다. 흙이 그에게 심리학적 의미를 읽게 할 때, 흙은 그를 수용하며 동시에 위로하는 존재로 나타난다. 흙이 그에게 윤리학적 의미를 생각하게 할 때, 흙은 그가 인간들과 함께 살아가는 윤리적 이치를 가르쳐 주는 교사와 같은 존재로 나타난다. 흙이 그에게 정치학적 의미를 찾게 할 때, 흙은 흙의 의지와 관계 없이 정치성에 예속된 존재로 나타난다. 끝으로 흙이 그에게 우주학적(자연적) 의미를 환기시킬 때 흙은 우주의 4대 구성요소요, 우리 몸의 원천이며 궁극으로 나타난다.

고재종의 시에 나타난 이러한 흙의 의미만을 탐색하는 일만으로도 논문 한 편을 쓰는 것이 충분히 가능할 정도이다. 도대체 이 시대에 흙이란 무엇인가? 나는 농사를 짓는 농부가 아니라 시를 가르치고 연구하는 선생임에도 불구하고, 저 시원(始原)의 흙이 불러들이는 목소리에 사로잡혀 지금 흙의 마을에 와서 살고 있다. 그러나 내가 이렇게 흙의 마을에 와서 사는 것은 장소만의 이동일 뿐 그것이 삶전체로 이어지는 것은 아니다. 그렇지만 나는 고재종의 시에서 볼 수 있는 것처럼 흙에 두 발을 딛지 않고는 살 수 없다는 것을 아는 사람이다. 이것은 '가장 원시적인 것이 가장 미래적이다' 라는 역설적 명제를 흙으로부터 확인하고 있다는 말과도 상통한다.

하지만 언제쯤 '가장 원시적인 것이 가장 미래적이다' 라는 이 말이 이 시대의 방향전환을 이룩하는 데 기본명제가 될 수 있을까? 아직도 흙은 여전히 뒷전에서 억압받고 소외되고 오염시되는 게 현실 아닌가? 하지만 미래와 근원을 볼 수 있는 사람들은 이 흙의 참다운 가치를 다시 회복시키고 있다. 그들은 흙으로 시를 쓰고, 흙 속에서 생명을 키우고, 흙과 더불어 우주를 느끼고, 흙이 있는 곳을 찾아간다.

2. 노동의 소리

고재종의 시는 흙과 함께한 노동을 토대로 삼고, 그 위에 서 있다. 그의 시는 이 노동으로 빚어진 시이다. 그러니까 그의 시는 흙과 함께한 노동의 현장을 받아쓴 시나 마찬가지이다. 좀 색다르게 말하자면 그의 시는 펜이 쓴 시가 아니라 흙과 몸을 섞은 노동의 시간이 쓴 시이다.

실제로 이 땅에 태어나 노동을 하지 않고 사는 사람이 누가 있을까? 태어난다는 사실은 곧 노동을 해야만 먹고 살 수 있다는 말과 다르지 않다. 그런 점에서 노동을 해야 한다는 것은 인간으로 태어난 조건이자 운명이다. 하지만 노동의 종류는 참으로 가지가지이다. 나는 그것을 여기에 다 열거할 능력이 없다.

하지만 한 가지 분명한 것은 어떤 노동이든 '진정' 인간을 살리고 세계를 살리는 일에 참여해야 하는 것이 마땅하다는 것이다. 이런 것을 가리켜 살림의 노동이라고 말하면 좋을 것이다.

나는 살림의 노동 가운데 으뜸인 것은 가능한 한 자신의 몸을 '엔진'으로 삼아 생명을 키우고 보살피고 생산해내는 일에 참여하는 농사일이라고 생각한다. 모든 공해의 원천은 인간들이 그들의 몸을 '엔진'으로 쓰지 않고 따로 '엔진'을 개발하여 이용한 데서부터 시작된다. 이것은 말할 것도 없이 인간들을 편리하게 만들어 주었다. 하지만 '가장 미래적인 것이 가장 야만적이다'라는 역설적 명제를 우리는 여기서 만들어낼 수밖에 없다. 우리는 지금 그 현장을 너무나도 적나라하게 보고 있지 않은가 말이다.

고재종은 그의 몸을 엔진으로 삼아 농사일에 직접 뛰어들었다. 그는 여기서 노동의 생명학을, 노동의 인간학을, 노동의 경제학을, 노동의 정치학을, 노동의 심리학을, 노동의 우주학을 또한 느끼고 생각하고 표출하였다. 그에게 있어서 자신의 몸을 엔진으로 삼아 농사일에 뛰어드는 이 일은 '가장 원시적인 것이 가장 미래적이다'라는 역설적 명제를 진정으로 확인해 주는 사건이었다. 그는 이런 바탕 위에서 현실적으로 그가 하는 노동이 얼마나 다양한 의미를 발산하고 있는지, 이것을 그의 시에서 열정적으로 점검하였다.

그가 자신의 노동을 생명학적 입장에서 바라다볼 때 그것은 생명의 일에 참여하며 동시에 생명을 살리고자 하는 일이었다. 물론 농업 또한 문명사의 한 현장이고, 그것 역시 인간의 생존욕이 빚어낸 결과물인지라 농업으로 인해 죽어가는 생명도 적지않다. 하지만 인간이 만들어낸 노동과 문명 중에서 자신의 몸을 엔진으로 삼아 이루어지는 농업만큼 비폭력적인 것도 드물 것이다.

그가 자신의 노동을 인간학적 입장에서 볼 때, 그것은 인간된 자의 조건이며 동시에 인간을 존속케 하는 원천으로 나타났다. 그는 자신의 몸이 망가지는 줄도 모르고 이런 노동에 헌신한다. 그러면서 보람을 찾으려고 애를 쓴다. 그가 자신의 노동을 경제학적 입장에서 바라볼 때 그것은 현실적으로 이익이 없는 곳에 투자하는 비경제적 행위로 간주되는 것이었다. 그는 여기서 엄청난 경제적 모순을 절감한다. 하지만 그의 노동 행위는 이 엄청난 비경제성을 넘어서는 경제적 행위임을 그는 통찰해내고 여기서 자존심과 자부심을 상실하지 않으려고 안간힘을 쓴다. 그러나 사회적 리얼리즘이라는 모호한 말 대신, 경제적 리얼리즘이라는 말이 더 구체적이고 적절하게 보일 만큼 경제적 효율성이 최고의 자리에서 기세를 올리는 이 시대에 비경제성이 실은 경제성이라는 고재종의 그 순정한 목소리에 귀를 기울이고 그 소리를 해독해낼 수 있는 사람이 얼마나 될까?

고재종이 자신의 노동을 정치학적 입장에서 점검해 볼 때, 그의 노동은 정치적 권력자들의 지배하에 놓여 있는 것임을 알게 되었다. 자신의 노동은 순박하고 비정치적인 행위였지만 이미 그 노동 자체가 사회 속에 들어가 자신도 모르는 사이에 정치적 매개물이 되어 있었던 것이다. 그런 가운데서 고재종은 자신의 노동으로 상징되는 농민들의 노동이 얼마나 엄청난 정치적 모순 속에 놓여 있는가를 의식하게 된다. 그럼으로써 그는 시를 통하여 그렇게 현실 속에서 정치적 모순을 담고 있는 그들의 노동 현실이 어떤 것인가를 비장한 어조로 고발, 비판하는 시적 참여의 일선에 나서게 된다.

고재종이 자신의 노동을 노동의 심리학적 입장이라는 측면에서 바라다볼 때, 그의 노동은 자족적인 행복감을 주는 것이면서 동시에 사회적 분노와 허탈감을 자아내는 것이었다. 그의 노동은 언제나 생명을 대상으로 이루어지는 노동인지라 그 행복감은 거의 원천적인 것과 같은 터이지만 그의 노동이 사회적 착취의 도구로 전락된다는 것을 인식하였을 때, 그는 분노와 허탈감, 더 나아가 절망감까지 느끼게 되었던 것이다. 여기서 노동의 소외라는 문제가 제기된다.

끝으로 고재종이 자신의 노동을 우주적 시각에서 바라다보았을 때, 그의 노동은 우주에 화답하는 춤과 같은 것이었다. 꽃을 피우고 열매를 맺기 위하여 온 우주적 존재들이 일을 하듯이, 그의 노동 역시 인간이란 자연으로서 꽃을 피우고 열매를 맺기 위하여 우주의 일에 동참하는 행위로 여겨졌던 것이다. 우주는 기본적으로 냉정하고 무심하지만, 그런 가운데서도 우주는 언제나 우주적 존재들의 동참을 요구한다. 그들의 동참 속에서 화답과 조화의 형식이 창조된다.

노동의 도구가 세련될수록, 인공의 엔진이 거창해질수록, 노동의 효율성과 경쟁력이 정도를 넘어서 치달릴수록, '가장 미래적인 것이 가장 야만적이다'라는 경고를 보내지 않을 수 없다. 그런 점에서 볼 때, 고재종의 시에 나타난, 그 스스로가 엔진이 되어 흙과 함께해나가는 노동은 거꾸로 '가장 원시적인 것이 가장 미래적이다'라는 명제의 속뜻을 다시 한 번 음미하도록 만들기에 충분하다.

3. 생명 혹은 밥의 소리

고재종의 시에는 온갖 생명들과 그 소리가 가득하다. 그것은 가상현실 속에 있는 생명들과 그 소리가 아니다. 그는 직접 이와 같이 수도 없이 많은 생명들의 살아가는 모습을 보고 그 소리를 듣는다. 그런 점에서 그의 시는 그가 만난 생명들이 쓴 것이나 마찬가지이다. 그가 생명에서 들은 소리가 그의 시를 구성하고 있기 때문이다.

이러한 그의 상상력은 그러므로 농경사회적 상상력을 토대로 한 생명적 상상력, 달리 말한다면 생명적 상상력을 토대로 한 농경사회적 상상력이라고 규정짓는 것이 적절할 터이다. 이것은 매우 자연스러운 것이다. 농업이란 곧 생명과 만나고 타협하고 화해하는 과정이기 때문이다.

그러나 문제는 모든 생명들이 밥을 필요로 한다는 점이다. 살아 있는 존재는 그것이 어떤 존재이든지간에 살아 있는 다른 것들을 죽여서 먹어야만 그가 산다는 것을 우리는 알고 있을 것이다. 그러므로 고재종의 시에서 생명을 바라다보는 눈길은 한편으로 비극적이고 다른 한편으로 비의적이다. 이런 사실을 알고 있는 한 생명을 죽여서 먹고 사는 만큼 우리는 생명을 창조해서 되돌려주어야 한다. 그리고 마침내는 죽음으로써 우리의 몸을 이 우주 속의 뭇생명들에게 되돌려주어야 한다.

이런 토대 위에서 고재종에게 생명의 문제는 곧 밥의 문제로 이어진다. 아마도 고재종의 시만큼 밥 문제가 많이 등장하는 경우도 그리 흔하지 않을 것이다. 그의 생명적 세계관은 물론 농경사회적 세계관의 밑바탕엔 바로 이 밥의 문제가 도사리고 있는 터이다. 실제로 얼마 전까지 우리는 따스한 고봉밥 한 그릇을 온 식구가 걱정 없이 상을 마주하고 둘러앉아 먹을 수 있기를 소망하며 살았다 해도

과언이 아니지 않은가.

생명 그리고 밥, 그 둘은 짝을 이루며 가장 원시적인 것이 가장 미래적인 것임을 보여 주는 대표적 존재들이다. 생명은 우주의 처음이요 마지막과 같은 존재이며, 밥은 생명의 처음이요 마지막과 같은 존재이기 때문이다. 자연스럽고 건강한 생명과 따스한 밥 한 그릇이야말로 이 우주와 삶 전체를 대표하는 상징인 것이다.

그렇다면 어떻게 이 따스한 밥 한 그릇을 먹고 생명들이 이 땅에서 건강하게 살아갈 수 있을까? 이것은 쉬운 문제가 아니다. 여기서 다시 밥의 생명학, 밥의 정치학, 밥의 경제학, 밥의 윤리학, 밥의 문화학 등과 같은 여러 가지 시각에서의 점검이 필요하다. 거칠게 말한다면 잘 창조된 혹은 지어진 곡식들을(생명들을) 어떻게 뭇생명들이 서로 나누어 먹을 수 있느냐 하는 것이 이 세계를 영위해가는 핵심적인 문제이다. 그 가운데서도 인간의 입장에서 보면, 사회를 이루고 사는 모든 인간들이 어떻게 서로 잘 나누어 먹으며 살 수 있겠느냐, 하는 것이 이 세계의 모든 정치와 경제와 문화의 핵심요소이다. 이 문제를 해결하기 위해 우리는 인간 사회 속에서, 더 나아가 우주 공간 속에서 밤잠을 설치며 고뇌하는 것이다. 이 점은 고재종의 시에서 매우 중요한 문제로 제시되고 있다.

하지만 이 문제는 현실적으로 만족스럽게 해결되고 있지 않다. 특히 고재종은 생명의 잉태자이나 밥의 주인인 농민들이 이 사회 속에서 가장 소외된 자리로 내몰리는 상황 앞에서 한탄하며 분노한다.

밥이 생명에서 나오는 것을, 생명이 밥으로 성장하는 것을 잊고, 이 모든 것들이 돈으로 해결된다고 믿는 세계 앞에서 그는 당혹스러움을 넘어 분노를 느끼는 것이다. 생명과 밥의 첫자리를 보지 못한 사람들은 이들이 자연(우주) 속에서 성장하고 만들어지는 것이 아니라 시장에서 생산되고 매매되는 것으로 착각하고 있다. 돈과 시장이 사람들로 하여금 근원을 보지 못하게 만드는 것이다. 이때 사람들은 생명으로서 밥을 먹는 것이 아니라, 시장인으로서 돈을 소유하는 것과 마찬가지가 된다.

봇물처럼 터져 흐르는 시대와 문명의 변화를 그 누구도 손바닥으로 막을 수는 없을지 모른다. 하지만 그런 변화 속에서도 여전히 생명과 밥의 첫자리를 기억하는 것은 무엇보다 소중한 일이다. 그것은 가장 원시적인 것이 가장 미래적인 것임을 잊지 않는 일이다.

4. 우주의 소리

고재종은 그의 제5시집 《앞강도 야위는 이 그리움》에서부터 그의 시야를 우주 속으로 확대시켜나아갔다. 이전에 그가 탐구한 흙, 생명, 자연 등이 적나라한 노동의 현장을 토대로 삼으면서 사회적 영역 속에 주로 머물렀다면, 이 시집에서부터는 사회 너머의 우주를 보고 그것을 느끼며 시 속으로(삶 속으로) 끌어들이기 시작했다는 것이다.

이런 그의 변화는 1990년대에 들어와 그 절실성을 더욱 크게 얻기 시작한 생태학적 세계관의 문제와도 결부된다. 이러한 생태학적 세계관은 앞서 말한 바를 빌려오면 그야말로 가장 원시적인 것이 가장 미래적인 것이라는 명제를 확인시켜 주는 세계관이다. 더 나아가 우주의 발견이야말로 우주란 문명(인간) 이전의 것이면서 문명(인간) 이후의 것임을 깨닫게 함으로써 인간들에게 원시성의 의미를 충격적으로 일깨워 주는 사건이다.

고재종은 최근 제6시집 《그때 휘파람새가 울었다》를 출간하였다. 이 시집을 보면 그가 제5시집 《앞강도 야위는 이 그리움》에서 조금씩 보여 주기 시작했던 시야의 확대가 더 크게 일어나 있다.

그러나 달라진 점은 흙과 함께하는 노동의 현장과 그 의미가 크게 위축됐다는 점이다. 여기서 그의 자연과 우주는 직접적으로 생존상의, 사회상의, 정치상의 의미를 띤 노동의 현장이 아니라 관조와 관상의 대상이 되어 있다. 그는 이 자연과 우주를 관조하고 관상하며 많은 성찰의 시간을 갖는다. 그때의 성찰은 대부분 자연과 우주를 흠모하며 그것을 거대한 한 권의 교훈서 내지는 지혜서 같은 것으로 수용하는 결과로 이어진다. 어쩌면 그것이 자연스러울지도 모른다. 이미 자연과 우주 속에는 우리가 보지 못할 뿐, 세상에서 배울 모든 문법과 비밀이 다 들어 있는지도 모르기 때문이다.

그러나 밥의 문제를 해결하는 것이 인간의 영원한 과제인 한, 자연과 우주를 관조와 관상의 대상으로 삼는 일에는 한계가 있을 것이다. 그러므로 밥의 문제를 들고 이 속에 동참하는 땀과 고난이 없는 한, 우리는 자연과 우주로부터 점점 멀어질 수밖에 없을 것이다. 그런데 문제는 이렇게 자연과 우주로부터 멀어질수록 이른바 병적 그리움이라고 불러야 마땅한, 과열된 그리움이 그들을 향하여 나타나게 된다는 것이다.

생태적 세계관은 인간이 이 땅에 존재하는 한 그들과 몸을 섞는 일을 전제하여 설정될 수밖에 없다. 그렇지 않는한, 그것은 이 지구상에서 저 하늘의 은하수를 그리워하는일과 크게 다르지 않을 것이고, 거기에는 앞서 말한 병적그리움이 공허감으로 이어질 가능성도 크다.

나는 고재종이 자연과 우주의 발견으로 시야를 확대한것에 대하여 일단 환영의 뜻을 표하고 싶다. 그리고 그가긴 시간 동안 흙과 노동을 주로 사회적 울타리 안에 놓고몸과 마음과 시로 투쟁하며 몸부림치느라 제대로 보지도느끼지도 못한 자연과 우주를 관조하고 관상할 수 있게 된것에 대하여 일단 그 필연성을 인정한다. 그에게 있어서이런 시간은 그가 지금까지 힘겹게 걸어온 삶의 여정 속에서 하나의 소중한 쉼표 역할을 하며 해방감을 느끼게 할수도 있을 것이다.

그러나 그 쉼표의 자리가 지루해지거나 공허해질 무렵이면 그는 다시 그에게 가장 절실한 제문제를 발견하고 그의온몸을 참여시켜 몸으로 흘리는 땀방울이나 눈물과 같은시를 써야 할 것이다. 땀방울과 눈물은 몸의 언어이다. 그것은 인공의 작품일 수가 없는 것들이다. 나는 그의 시가땀방울 같은 것, 눈물 같은 것이 되기를 희구한다. 땀방울과 눈물 속에는 진정의 힘으로 사람을 감동시킬 수 있는능력이 내장돼 있다. 그런 점에서 땀방울과 눈물 같은 몸의 언어야말로 그 어떤 언어보다도 원시적이지만 가장 미래적인 언어라고 나는 믿는다.

  참으로 험난한 발자국을 묵묵히 떼면서 정상을 향해 올라오고 있는 고재종 시인의 이번 수상을 함께 기뻐하고 싶다.

제16회 소월시문학상 작품집

초판 1쇄_2001년 5월 4일
초판 4쇄_2014년 4월 7일

지은이_고재종 외
펴낸이_임홍빈
펴낸곳_(주)문학사상
주소_서울특별시 송파구 중대로38길 17(138-858)
등록_1973년 3월 21일 제1-137호

전화_02)3401-8540
팩스_02)3401-8741
홈페이지_www.munsa.co.kr
E메일_munsa@munsa.co.kr

* 잘못 만들어진 책은 구입하신 서점에서 바꾸어 드립니다.

* 값은 표지 뒷면에 표시되어 있습니다.

ISBN 978-89-7012-383-7 03810